요코와 함께 한 일본 사찰 순례

요코와
함께한
일본 사찰
순 례

나카노 요코 지음 | 최선일·홍은미 감수

종이와
종이와나무

일본 불교에 숨겨진 매력, 만나보실래요?

　내가 남편 일로 서울에서 살다가 일본에 돌아온 후 즐기는 일 가운데 하나가 일본을 방문한 한국 친구들과 함께 간사이関西 지방에서 사찰과 박물관을 답사하는 것이다. 일본에서도 한국인 친구들과 교류할 수 있어서 참 좋다.

　나는 2011년 3월부터 2014년 3월까지 3년간 서울에서 살았다. 그 기간에 서울로 이사하기 전에는 미처 몰랐던 한국의 매력에 빠져들었다. 맛있는 한식을 비롯하여 전통 공예품, 조선 시대의 회화, 즐길 수 있는 아름다운 산책로……. 특히 내가 즐기던 것이 부처님 오신 날과 연등회 등 불교와 관련된 화려하고 장엄莊嚴한 행사였다. 일본에 귀국한 후에도 이런 불교 봉축 행사가 있는 기간에 맞춰서 한국으로 여행을 자주 가고 있다.

　한국에 있을 때에도 특별한 행사가 없더라도 사찰에 자주 가봤다. 사찰에 가면 마음이 편안해지고 힐링이 되는 느낌이 있었다. 이 점은 일본에 돌아와서도 마찬가지다.

　한국으로 이주하기 전에 도쿄에 거주했던 나는 왠지 스트레스를 많이 받았다. 간사이 지방에 오랫동안 살다가 도쿄로 이사한 후, 간사이 지방으로 오랜만에 여행을 가봤더니 도쿄 생활에서 스트레스가 쌓인 이유를 알게 되었다. 간사이 지방에는 사찰이 많아서 사찰을 자주 찾았던 것이 나에게 힐링이었던 것이다. 사찰에서 바라보는 아름다운 경치는 물론

도지 오중탑

이고 맑은 공기, 그리고 부처님의 평화롭고 고운 얼굴. 나에게 얼마나 위로가 되었는지……

도쿄는 현대적이면서 멋진 것이 많지만 역사성이 적은 점이 나에게는 스트레스가 쌓이는 원인이었던 것이다.

2014년 3월에 서울 생활을 마치고 오사카로 이사했다. 내가 사랑하는 간사이 생활로 다시 돌아왔다. 사찰이나 미술관을 찾아가는 것을 좋아하는 나는 간사이 지방 답사를 다시 시작했다. 그랬더니 한국인과의 깊은 인연을 간사이 지방에서 절실하게 느끼는 일이 생겼다. 이것이 원고를 써서 연재하고 책까지 내게 된 연유라고 해도 과언이 아니다.

한국인에게도 잘 알려진 나라 도다이지의 대불

어느 날 교토에 있는 고라이비주쓰칸高麗美術館에 갔을 때의 일이다. 간사이 사찰 소개라는 제안을 해주신 영화 『정조문의 항아리』를 만들었던 최선일 박사와 우연히 만났다. 그 때는 짧은 시간이었지만 뭔가 공통적인 것, 서로가 공유할 수 있는 것이 있어 친근한 느낌이 들었다. 이후 최 박사가 오사카에 오실 때마다 뵙고 박사의 가족이나 친척들 그리고 동료나 후배도 만나고 그분들이 모두 나의 친구가 되었다. 사찰이나 문화재가 맺어준 깊은 인연이라고나 하면 될까.

내가 사랑하는 이 친구들이 일본에서 같이 답사할 때의 빛나는 얼굴, 즐겁게 여기저기 다니는 모습을 보면 나의 마음도 따뜻해지고 행복해진다. 이 행복함을 더 많은 한국 분들과 나누고 싶어 이 책을 만들게 된 것이다.

일본에 돌아온 후 재미있는 현상이 생겼다. 한국에 있었던 기간에 요우커(중국인 관광객)를 비롯하여 외국인 방한객이 크게 늘어났는데 일본에서도 똑같은 일을 보게 됐다. 오사카 도톤보리道頓堀나 교토 아라시야마嵐山, 후시미이나리다이샤伏見稲荷大社 등 많은 곳에서 외국인이 일본인을 둘러싸는 현상. 외국인이 많지만 일본인이 나밖에 없는 경우도 있었다. 외국인이 늘어나는 것을 싫어하는 일본인도 있지만 나는 외국인 방문객을 환영한다. 외국인이 일본에서 즐겁고 재미있게 지내는 모습을 보면 나도 기분이 좋아진다.

그런데 내가 외국인 관광객을 관찰하면서 알게 된 특징이 하나 있다. 일부 관광지에만 집중한다는 것이다. 교토의 사찰이 기요미즈데라清水寺와 킨카쿠지金閣寺 밖에 없나? 나라의 사찰이 도다이지東大寺 뿐인가? 물론 일본의 대표적인 사찰이고 필수 방문지라고 할 수 있다. 그래도 좋은 곳이 더 있는데 알려지지 않아서 참 아쉽다.

다행히 내가 간사이 지방의 사찰을 소개할 수 있는 기회가 생겼다. 나는 아주 기쁜 마음으로 소개할 사찰을 고르기 시작했다.

먼저 내가 주저 없이 선택한 사찰은 아래와 같다. 나라 지역에서는 아스카데라飛鳥寺, 호류지法隆寺, 야쿠시지藥師寺, 도쇼다이지唐招提寺, 고후쿠지興福寺, 도다이지東大寺를 골랐다. 교토 지역에서는 고류지廣隆寺, 도지東寺, 기요미즈데라清水寺, 킨카쿠지金閣寺, 긴카쿠지銀閣寺를 골랐다. 그리고 최 박사와 같이 갔던 나라의 다이마데라當麻寺, 교토의 보도인平等院도 추가했다.

그런데 이 정도를 뽑아낸 다음에는 즐거운 작업이었던 사찰 고르기가 고민으로 바뀌었다. 소개할 만한 사찰이 없어서가 아니라 너무 많아서였다. 가이류오지海龍王寺, 홋케지法華寺, 기코지喜光寺 등 규모는 크지 않아도 추천하고 싶은 사찰이 많아서 곤란했다. 나는 노트에 사찰의 이름을 줄줄이 적고 자료도 찾아가며 고심한 끝에 소개할 사찰들을 뽑아냈다.

나라는 마지막으로 이렇게 정했다. 아스카데라飛鳥寺, 호류지法隆寺, 고후쿠지興福寺, 도다이지東大寺, 야쿠시지藥師寺, 도쇼다이지唐招提寺, 다이마데라當麻寺, 하세데라長谷寺, 무로우지室生寺, 조고손시지朝護孫子寺와 호잔지寶山寺 등이다.

하세데라, 무로우지는 일본에서는 유명한 사찰이지만, 외국인에게 아직 널리 알려지지 않은 것 같아 소개하고자 했다. 특히 하세데라는 벚꽃이나 모란 등 꽃으로 유명한 사찰이고 내가 가끔 찾아가는 곳이다. 조고손시지, 호잔지는 일본의 다른 지역에서는 아는 사람이 많지 않지만 간사이 지방에서는 각광받을 정도로 인기가 있고 조망도 좋아서 아주 매력적인 사찰이다.

나라에 비해 교토의 사찰은 선택하고 결정하기까지 꽤 오랜 시간이 걸렸다. 킨카쿠지, 긴카쿠지를 비롯해 유명한 선종禪宗 사찰이 많은 교토는 가볼만한 큰 규모의 사찰도 많아서 가능하다면 대표적인 곳을 모두 소개하고 싶었지만 전체적으로 균형을 유지하기 위해 몇 곳만 골랐다. 그리고 특정 일부 지역에만 국한시키지 않고자 사찰의 특색도 고려하여 다양하게 선택했다.

교토는 고류지廣隆寺와 닌나지仁和寺를 시작으로 도지東寺, 기요미즈데라清水寺, 뵤도인平等院, 고잔지高山寺, 도후쿠지東福寺, 덴류지天龍寺, 킨카쿠지金閣寺와 료안지龍安寺, 긴카쿠지銀閣寺와 난젠지南禪寺, 조루리지淨瑠璃寺와 간센지岩船寺를 소개하고자 한다.

일본 사찰에 관심이 있으신 분들은 이런 사찰 이름을 들어본 적이 있거나 또는 답사를 다녀간 분도 있을 것이라 생각한다. 그런데 조루리지, 간센지가 있는 미나미야마시로南山城 지역은 석불도 많고 정말 매력적인 지역이지만 교통이 불편한 곳에 위치하고 있어서 그런지 아직 널리 알려지지 않아 발길이 뜸하다. 이번에 내가 꼭 소개하고 싶은 명소이다.

나라 하세데라의 무대 법당 참배와 예불, 주변 경관을 조망할 수 있는 용도로 건설되었다.

시가현의 고겐지

간사이 지방의 사찰이 나라와 교토에만 있는 것은 아니다. 내가 힘을 들여 추천하고 싶은 것이 시가에 있는 사찰이다. 교토 가까이 위치하는 시가에는 좋은 사찰이 많다.

소개할 시가 사찰을 이렇게 정했다. 햐쿠사이지百濟寺와 이시도지石塔寺, 미이데라三井寺와 이시야마데라石山寺, 엔랴쿠지延曆寺, 고겐지向源寺 등이다. 엔랴쿠지, 미이데라, 이시야마데라 세 곳 모두 일본에서 유명한 사찰이다. 엔랴쿠지는 산 속에 있어 찾아가는데 조금 불편할 수 있지만 빼놓을 수 없는 사찰이라 선택했다. 미이데라, 이시야마데라는 대중교통으로 편하게 갈 수 있고 일본에서 제일 큰 호수인 비와코琵琶湖 가까이에 자리하고 있어 조망도 좋은 곳이다. 그리고 시가는 도래인과의 유래가 있는 사찰이 많지만 그 가운데 대표적인 햐쿠사이지와 이시도지를 소개하겠다. 마지막으로 등장하는 고겐지는 많은 사람의 사랑을 받고 있는 국보國寶 십일면관음보살상이 봉안되어 있는 사찰이다.

이상은 내가 소개하려고 하는 사찰이다. 소개하고 싶은 사찰이 더 많이 있지만 이 책에서는 깊은 산 속에 있어서 찾아가기가 어려운 곳보다 쉽고 편하게 방문할 수 있는 곳을 우선으로 했다.

일본 사찰에서 열리는 다양한 행사도 매력적이다. 특히 내가 좋아하는 것은 도다이지 대불전大佛殿의 관상창觀相窓이 열리는 날이다. 1년에 두 번 창이 열리는 그 날은 대불의 얼굴을 밖에서 배례할 수 있어 정말 감동적이다. 이 날이 다가오면 가슴이 설렘으로 두근거린다. 그리고 사찰에서 예쁜 꽃을 감상하는 것도 아주 좋다. 사찰 주변에는 매력적인 산책로도 많

철학의 길

다. 나는 이 책에서 재미있는 행사나 예쁜 꽃이 피어나는 계절의 명소名所, 그리고 산책로까지 간사이 구석구석을 적극적으로 소개하겠다.

어떤 한국 분이 이렇게 말했다. 기요미즈데라에 갔을 때 하필이면 비가 왔는데 비에 젖은 잎이 정말 아름다워 감동했다고. 이 말을 듣는 순간 나도 감동을 받았다. 한국과 일본은 미美에 대한 감각이 비슷하다.

이 책을 통해서 한국과 일본 사람들이 서로를 더 깊이, 더 재미있게, 더 즐겁게, 이해하고 교류할 계기가 되면 좋겠다.

차례

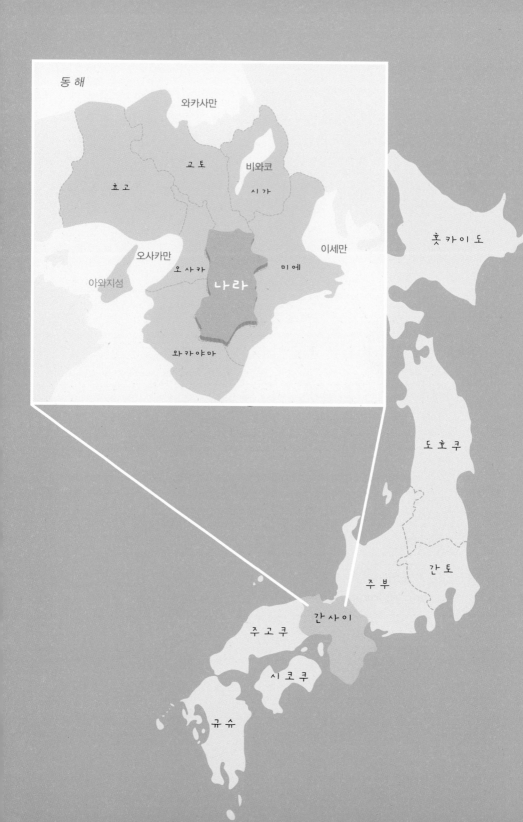

나라 지역 奈良

아스카데라飛鳥寺 | 호류지法隆寺 | 고후쿠지興福寺 | 도다이지東大寺 | 야쿠시지藥師寺와 도쇼다이지唐招提寺 | 다이마데라當麻寺 | 하세데라長谷寺와 무로우지室生寺 | 조고손시지朝護孫子寺와 호잔지寶山寺

아스카데라飛鳥寺
한반도 도래인의 숨결을 느끼다

내가 가끔 일본에 오는 한국인 친구들과 즐기는 것은 나라奈良, 교토京都 등 간사이關西 지역을 함께 답사하는 것이다. 그 중에서도 나라 아스카 지방 답사가 최고라고 생각된다.

아스카는 오사카에서 전차를 타고 가도 멀지는 않지만, 차창 밖 풍경은 오사카와 완전히 다르다. 높은 빌딩도 없거니와 큰 아파트도 없어 그 야말로 산과 논밭이 펼쳐진 시골 풍경이다. 순간 여기가 옛날 나라의 중심지였단 사실을 믿을 수가 없다. 그래도 자전거를 타고 여기저기 다니다 보면 고분古墳이나 사찰을 통해 아스카가 원래 번영했고 깊은 역사가 있는 곳이라는 것을 금세 깨닫게 된다.

일본의 본격적인 사찰로서 가장 오래된 아스카데라飛鳥寺의 현재 주소는 '아스카촌明日香村 아스카飛鳥'이며, 마을 이름이 한자로 '아스카明日香'이다. '비조飛鳥'는 나는 새라는 뜻인데 원래 일본식 한자 발음으로는 아스카라고 발음하지 않아 특별한 이름이다.

자료에 의하면 아스카를 비조로 쓰는 이유가 옛날 어떤 시詩에 아스카에 대해 묘사한 것이 있는데 시의 시작이 '나는 새의 아스카……' 였다고 한다. 여기에서 나는 새를 아스카의 상징으로 사용하기 시작했다고 한다.

지금 우리는 마치 나는 새처럼 비행기를 타고 한일 양국을 자유롭게 왕래하지만, 비행기가 없었던 옛날에도 배를 타고 한반도에서 일본으로

아스카 대불 아스카데라의 본존불인 아스카 대불. 일본에서 가장 오래된 금동불상이다.

건너온 사람들이 있었다. 바로 도래인渡來人이다. 5세기 이후 아스카에서는 한반도를 기원으로 하는 토기나 건물, 온돌 등 도래인의 흔적이 많아졌다고 한다.

『일본서기』에 의하면 도래인 기술자들을 아스카 마을 시마노쇼島庄(현재 이시부타이고분 주변) 부근에 정착시켰다고 한다. 도래인들은 건축, 야철冶鐵, 방직, 토기, 문서 작성 등 여러 분야에서 활약하고 일본 문화와 기술 발전에 크게 기여했다.

6세기에 들어 백제에서 불교도 전래되었다. 지금은 일본에서 불상을 배례하는 것이 당연한 일로 받아들여지지만 당시에는 큰 충격이었음을 상상할 수 있다. 숭불파崇佛派인 호족豪族 소가씨蘇我氏와 배불파排佛派 호족인 모노노베씨物部氏 사이에 치열한 싸움이 벌어졌다. 결국 숭불파가 승리하면서 588년에 소가씨의 발원發願으로 아스카데라의 조영造營이 시작되고 596

아스카데라 주변 시골 풍경 고분이나 사찰을 쉽게 찾아볼 수 있다.

년에 창건됐다. 일본에서 가장 오래된 절이 탄생한 것이다.

아스카데라의 본존은 일본 최고最古의 금동불상이자 중요문화재인 '아스카불상飛鳥大佛'이다. 아스카 불상에 대해서는 절의 안내서에 한국어 설명이 있어 인용한다.

"본존 아스카 불상은 605년 천황과 쇼토쿠 태자聖德太子, 소가노 우마코蘇我馬子 및 각 왕자들의 발원으로 609년에 구라쓰쿠리노도리止利佛師에 의해 만들어진 일본에서 가장 오래된 불상이다. 높이는 약 3미터로, 당시 동 15톤과 황금 30킬로그램을 사용해서 만들어졌다. 헤이안 시대平安時代(794~1185)와 가마쿠라 시대鎌倉時代(1185~1333)의 대화재로 전신이 불에 타, 후에 보수되었다. 그러나 대체적으로는 아스카 조각미가 여전히 남아 있으며 세부적으로도 상당히 확실한 아스카의 특색이 전해지고 있다."

대화재로 전신이 불에 탄 이후에 보수되었다고 하는데 근래의 신문 기사에 의하면 그때 보수됐던 것이 아닌 것 같다고 조심스럽게 전한다. 최근의 대불에 대한 성분 분석 결과, 대불 대부분이 아스카 시대 그대로일 가능성이 있다고 한다. 아직까지 진실이 무엇인지는 알 수 없지만 앞으로 어떤 연구 결과가 나올지 기대된다.

안타깝게도 지금은 창건 당시의 건물이 다 없어져 당시의 장대한 절의 모습을 볼 수는 없다.

1956년에 사찰을 발굴 조사한 결과 창건 당시는 오중탑을 중심으로 금당이 북쪽뿐만 아니라 오중탑 동쪽과 서쪽에도 하나씩 있는 특이한 가람 배치였음을 알게 되었다. 이것을 '일탑삼금당형식一塔三金堂形式'이라고 부른다. 이 가람 배치는 고구려 청암리사지를 모델로 만들었다고 생각해 왔지만 최근에 백제 왕흥사나 신라 분황사 등도 삼금당 배치였을 가능성이 있다는 의견이 있다.

아스카데라 조영造營을 시작할 당시 백제에서 스님과 절을 짓는 데 필요한 기술자가 파견되어 왔다. 이 가운데 기와 박사도 있었다. 아스카데라를 조영하기 전엔 일본에 기와가 없었다고 하는데 지금 일본 여기저기에서 기와집이 있는 풍경을 볼 수 있는 것이 백제의 와당문화가 전래한 덕분이다.

아스카와 백제의 깊은 관계를 절실하게 느낄 수 있는 곳 가운데 하나는 아스카데라에 있는 작은 전시실이다. 여기에 전시되어 있는 연꽃무늬 수막새가 이것을 조용히 증명한다. 나는 부여에 가본 적이 있는데 왠지 외국이 아닌 나의 고향에 돌아온 것 같은 친근한 느낌이 들었다. 부여에서 나는, 연꽃무늬를 비롯하여 도래인들이 일본에 준 영향이 얼마나 큰지를 알 수 있었다. 이 글을 쓰면서 또 부여에 가고 싶어졌다. 아스카데라를

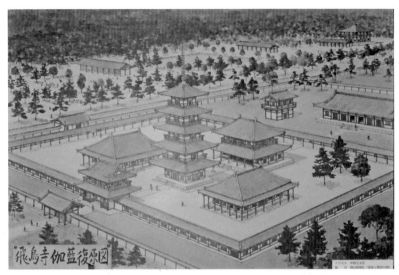

아스카데라 가람 복원도 금당이 오중탑을 중심으로 동, 서, 북쪽에 자리잡고 있는 '일탑삼금당형식'이다.

지었을 때 만들어진 기와는 1,400년 지난 지금도 여전히 사용되고 있다.

헤이조쿄平城京 천도 8년 후인 718년에 아스카데라도 헤이조쿄로 옮겨지고 현재 나라 시내에 있는 간고지元興寺가 되었다. 당시 아스카데라의 기와도 옮겨지고 간고지의 본당本堂과 선실禪室에 일부 기와가 사용되었다. 빨간색 부분이 아스카 시대 기와이다. 간고지는 도다이지東大寺나 고후쿠지興福寺에서 멀지 않아 가기 쉽다.

창건 당시 장대한 모습이었던 아스카데라는 9세기와 12세기 대화재로 가람도 소실되었다. 오랜 기간 폐사廢寺였던 아스카데라는 1632년과 1826년에 재건되어 지금에 이르고 있다.

아스카데라는 호코지法興寺, 간고지元興寺라고도 불렸는데, 지금은 안고인安居院이라고도 부른다. 안고인이라는 명칭의 유래에 대하여 찾아봤더니, 연구 자료에 의하면 17세기 절이 재건됐을 때 아스카데라에 은거했던 스

아스카데라 경내 오른쪽이 본당. 창건 당시 건물이 없어져 다시 지었는데, 옛 본당보다 규모가 훨씬 작다.

님이 붙인 이름이라고 한다.

　지금은 작은 사찰이 되었지만 많은 사람의 사랑을 받고 있고, 한국과 일본 간의 깊은 관계를 느낄 수 있는 아주 좋은 사찰이다. 많은 한국 분이 아스카데라를 찾아갔으면 좋겠다.

아마카시노오카甘樫丘

아스카데라 서쪽에 아마카시노오카라고 부르는 높이 148 미터인 언덕이 있다. 아마카시노오카 일대는 아스카데라 를 발원한 소가씨와 관련이 있는 곳이다. 백제계 도래인 출신이라는 설도 있는 소가씨는 언덕이 요새 역할을 한 다고 보았고, 아마카시노오카를 부여 부소산처럼 생각했 다고 한다. 아마카시노오카에 올라가면 유명한 야마토삼산 大和三山인 우네비산畝傍山, 미미나시산耳成山, 가구산香具山이 잘 보이고 아스카데라도 볼 수 있다.

아스카자료관飛鳥資料館

아스카에 대해 전체적으로 알고 싶다면 아스카자료관飛鳥 資料館에 가는 게 좋다. 아스카는 원래 아스카데라 뿐만 아니라 사찰이 많았는데 지금은 남아 있지 않고 그냥 유 적지가 된 곳도 적지 않다. 그러나 아스카자료관에 전시 되어 있는 유적지에서 발굴된 유물을 통해서 아스카 역사 를 엿볼 수 있고, 또한 한반도와의 깊은 관계도 알 수 있다.

관람 시간 9:00 ～ 16:30(입관은 16:00까지)
휴관일 매주 월요일(공휴일과 겹치면 다음 평일), 12월 26일 ～ 1월 3일
관람료 성인 270엔, 대학생 130엔, 65세 이상·고등학생 및 18세 미만 무료
※ 2018년 기준

이시부타이고분石舞台古墳

아스카데라에서 30분 정도 걸어가면 이시부타이고분에 도 착한다. 이시부타이고분은 일본 최대급 석실을 갖고 있는 사각형의 무덤(方墳)으로, 7세기 초에 축조되었다고 추정 된다. 원래 봉분에 덮여 있었지만 흙이 없어지고 거대한 석실이 드러난 상태이다. 노출된 돌 무게는 무려 2,300톤 이라고 한다. 누구의 묘인지 정확히 알 수는 없으나 당시 정권을 쥐었던 아스카데라를 발원한 소가노 우마코의 묘일 가능성이 있다고 한다.

아스카 답사 어떻게?

아스카는 볼거리가 많은 데다가 거리가 떨어져 있어 자전거를 타고 답사하는 것이 일반적이다.

그러나 여기는 길이 좁고 올라갔다 내려갔다 해야 되고 길 찾기도 쉽지 않아 평소에 자전거를 자주 타지 않는 분들에게는 자전거 답사 말고 걷는 것을 추천한다. 가시하라진구마에역 동쪽 출구 쪽에 아스카로 가는 버스를 탈 수 있는 정류장이 있다. 1시간에 1번 정도. 계절마다 다르다.

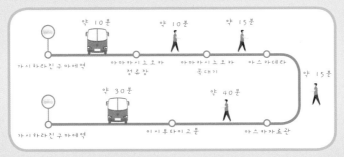

관람과 식사시간을 포함해서 5~6시간 정도 걸린다. 아스카는 볼거리가 정말 많아 시간 여유가 있으면 다른 유적지에 가는 것도 좋다. 식당이나 매점은 별로 없지만 이시부타이고분 주변에 몇 개 모여 있다. 나는 이시부타이고분 가까이에 있는 아스카노유메이치明日香の夢市를 좋아한다. 여기서 아스카 농산품이나 잼, 과자를 사는 것이 아스카 지역을 답사하는 즐거움의 하나다.

아스카데라 주변 지도

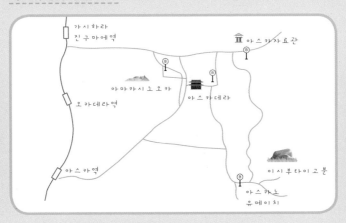

곳곳이 국보 문화재······ 고대 일본을 품다

호류지는 일본에서 최초로 유네스코 세계문화유산으로 지정된 대표적인 사찰이다. 사찰에 관심이 별로 없더라도 일본인이라면 누구나 한 번쯤 가 본 적이 있는 절이다. 부지 면적이 187,000제곱미터, 국보와 중요문화재로 지정된 건물 및 보물이 약 190건, 점수로는 2,300여 점에 달하는 규모가 엄청난 큰 사찰이고, 일본뿐만 아니라 세계를 대표하는 사찰이라고 할 수 있다.

호류지에 대한 자료를 살펴보면 규모가 큰 것 외에 눈에 띄는 것이 세계에서 가장 오래된 오중탑五重塔, 현존하는 세계 최고最古의 목조 건축물인 금당金堂 등, 고대인이 지은 역사가 있는 이런 사찰에 찾아갈 수 있는 것 자체가 현대인의 행복이라고 나는 느낀다.

쇼토쿠 태자의 사찰로 널리 알려진 호류지는 원래 쇼토쿠 태자 아버지 요메이用明 천황이 자신의 병이 고쳐질 것을 기도하고 발원하여 사찰과 불상을 만들었던 것이다. 그러나 소원이 이루어지지 않은 채 요메이 천황이 세상을 떠났다. 훗날 스이코推古 천황과 쇼토쿠 태자가 요메이 천황의 유지를 이어받아 607년 사찰을 조영했다. 이것이 호류지 역사의 시작이다.

JR호류지 역에서 20분 정도 걸어가면 호류지 남대문南大門에 도착한다.

호류지 금당과 오중탑 세계 최고(最古)의 목조 건축물이다.

역에서 국도를 따라 걸을 땐 주택과 가게 그리고 많은 차량이 보이는 흔한 풍경이지만 남대문까지 오면 분위기가 완전히 달라지고 고대古代로 타임슬립한 느낌이 든다.

현재 호류지 가람은 오중탑五重塔, 금당金堂이 중심인 서원西院과 유메도노夢殿가 중심인 동원東院으로 나뉘어 있는데, 남대문에서 들어가면 서원의 중문中門이 있다. 중문 자체도 아름답지만 여기서 바라보는 오중탑과 금당이 나란히 있는 위엄과 아름다운 모습이 정말 감동적이다.

그럼 호류지 매력을 알기 위해 서원에 들어가자. 서원에 들어가면 오중탑, 금당이 나란히 있고 뒤에 대강당大講堂이 있다. 이 가람 배치는 호류지식 가람이라고 부른다. 여기에 있는 건물이 회랑廻廊을 포함해 모두 다 국보로 지정되어 있어 가람 자체가 보물이다. 고풍스럽고 위엄 있는 경내의 풍

오중탑 금당과 함께 유네스코에 등재된 세계에서 가장 오래된 목조탑이다.

경은 화려한 색깔도 아니지만 밝고 따뜻한 인상이 있다. 이는 가람을 둘러싼 회랑 창살 때문이다. 창살에서 가람 밖의 나무도 보이고 햇빛이 들어와 기분이 밝아진다. 회랑 기둥은 기둥 중간이 약간 불룩한 엔타시스 양식이다.

세계에서 가장 오래된 목조탑인 오중탑은 지상에서 상륜相輪까지 높이 약 34미터, 지붕이 위로 올라갈수록 작아지고 최상 지붕 면적이 가장 아래 있는 지붕의 4분의 1로, 안정감이 있다. 안에 들어갈 수는 없지만 밖에서 아래층 흙으로 만들어진 소상塑像을 볼 수 있다.

금당은 아스카 시대 건축을 대표하는 세계에서 가장 오래된 목조건축이다. 균형이 잡힌 아름다운 모습은 세계 고대 건축물 중에서도 뛰어나다. 금당의 운두雲斗나 고란高欄, 인人자형 할속割束이 고대 중국 건축물 특징을 갖고 있다는 것을 보여준다.

숭고한 금당 내부는 쇼토쿠 태자의 병이 치유되는 것을 기도하여 제작된 금동석가삼존상金銅釋迦三尊像을 비롯하여 금동약사여래좌상金銅藥師如來坐像, 금동아미타여래좌상金銅阿彌陀如來坐像, 목조사천왕상木造四天王像, 목조길상천입상木造吉祥天立像, 목조비사문천입상木造毘沙門天立像이 안치되어 있다. 이 신성한 공간에서 훌륭한 불상을 배례하면 마음도 맑아진다.

나는 석가삼존상을 중학생 때 알게 됐다. 역사 교과서에 호류지 석가삼존상, 백제관음상百濟觀音像, 다마무시노즈시玉蟲廚子가 나왔기 때문이다. 당

금강역사(또는 인왕상) 좌우 모두 금강역사라 하며, 인왕상이라고도 한다. 인왕상이란 상반신이 옷을 입지 않은 상태인 금강역사를 가리키는 말이다.

시는 시험에서 높은 점수를 얻기 위해 그냥 외운 것이었지만 호류지 보물에 대해 왜 중학생 때 배울 필요가 있는지 어른이 되어서야 알게 되었다.

불상을 둘러싸고 있는 벽화는 1949년 화재로 소실되어 현재 복원한 것이지만 정말 아름답고 중국 석굴 안에 있는 느낌이 든다. 다행히 비천도飛天圖는 화재 때 다른 곳에 있어 지금 다이호조인大寶藏院에서 실견할 수 있다.

금당을 나가 대강당에 가면 헤이안 시대에 제작된 목조약사삼존상木造藥師三尊像, 목조사천왕상木造四天王像이 안치되어 있다. 여기는 불교의 한문 연구, 법회가 거행되는 곳이다.

그럼 일단 서원을 둘러본 다음은 동쪽에 있는 다이호조인으로 간다. 다이호조인에 들어가면 호류지 보물이 얼마나 많고 얼마나 뛰어난지 알게 되고 감탄할 수밖에 없다. 호류지 입장료는 1,500엔으로 일반 사찰보

호류지 석가삼존상 쇼토쿠 태자의 치유를 위해 제작되었다.

다 훨씬 비싸지만 다이호조인에 오면 납득이 간다.

여기서 우리가 먼저 만나는 불상이 유명한 국보 유메치가이夢違관음이다. 악몽惡夢을 길몽吉夢으로 바꾸는 효험이 있다고 전하는 이 관음보살상의 모습이 따뜻하고 자애심慈愛心이 가득하여 잠시 머물고 싶다고 느껴진다.

스이코 천황 소유의 불전이라고 전하는 다마무시노즈시는 아스카 시대 건축·공예·회화·조각 등 여러 기술을 구사한 종합 예술품이다. 나는 어렸을 때 다마무시노즈시가 반짝반짝 빛나는 것이라고 생각하고 기대했었다. 어느 날 내가 다이호조인에서 검은색이 된 다마무시노즈시를 보면서 어린 시절이 생각나서 혼자 웃었더니 자원봉사 해설원이 (나의 마음을 이해하는지 잘 모르겠지만) 다가와서 지금도 빛나는 부분이 있다며 작은 라이트를 사용하여 나에게 보여주었다. 정말 빛나고 있어 놀랐다.

다이호조인에서 무엇보다 중요한 것이 다이호조인 중심인 1998년 낙성한 백제관음당이고 여기에 안치되어 있는 세계적으로 유명한 국보 백제관음상이다. 높이 2미터 이상, 8등신의 날씬한 몸매인 백제관음상은 정말 우아하고 신비롭다. 젊은이들이 부러워하는 작은 얼굴과 8등신 스타일인 불상은 일본 불상 중에서도 드물다. 입고 있는 천이 얇게 조각되어 천

다이호조인 국보 백제관음상이 안치되어 있다.

의 자락이 불상의 인상을 더 부드럽게 만들어준다.

정면뿐만 아니라 측면에서 바라보면 이 불상이 얼마나 아름다운지를 알 수 있다. 백제관음상이라는 명칭은 메이지明治 시대 이후의 명칭이며 그때까지는 허공장보살虛空藏菩薩로 여겨졌다. 그러나 보관寶冠이 발견되어 화불化佛이 있어 관음임을 알게 되었다.

아스카 시대 불상인 백제관음상은 누가 제작했는지 원래 어디에 안치되어 있었는지 등 조성 시의 문헌기록이 없다. 처음으로 기록에 등장하는 것이 에도江戶 시대부터이다. 백제에서 전래한 불상이라고 생각해 왔지

유메도노 동원에 위치해 있으며, 국보 구세관음상이 안치되어 있다.

만 일본산 녹나무를 사용하고 있어 일본에서 제작된 것이라고 생각된다. 나는 관음상 앞에서 세계 평화 그리고 자신의 스타일과 마음이 관음상처럼 되기를 기도했다.

　　다이호조인에서 귀중한 보물을 만끽한 다음에는 동원에 간다. 동원은 739년에 쇼토쿠 태자를 추모해 교신行信 스님이 건립한 곳이다. 동원의 핵심이 팔각형 건물인 국보 유메도노이며 여기에 비불秘佛 국보 구세관음상救世觀音像이 안치되어 있다.

　　쇼토쿠 태자 등신대 크기로 만들었다는 이 관음상은 오랫동안 비불

호류지 대강당 대강당은 불교의 학문 연구, 법회가 거행되는 곳이다.

이었는데 1884년에 문화재를 조사했던 미국인 학자 페놀로사와 일본 사상가이면서 미술사가인 오카쿠라 덴신岡倉天心에 의하여 감실이 열리고 관음상을 덮고 있었던 흰색 천이 풀리고 그 아름다운 모습을 세상에 드러냈다. 양손으로 보주寶珠를 들고 있는 모습이 관음의 자비를 상징하고 있다. 이 보살상은 한반도 삼국 시대의 영향을 받아 제작된 것이라고 한다.

비불이어서 평소에는 볼 수 없지만 매년 4월 11일에서 5월 18일까지, 10월 22일에서 11월 22일까지 배례拜禮할 수 있다. 가능하다면 이 기간에 시간을 맞춰서 가보기를 권한다.

주구지中宮寺

호류지 동원에서 밖에 나가면 바로 비구니 사찰 주구지中宮
寺다. 주구지에서 국보 보살반가사유상菩薩半跏思惟像이 입
가에 온화한 미소를 짓고 방문객을 맞아준다.
주구지를 나와 12분 정도 북쪽으로 걸어가면 호린지法輪寺
에 도착한다. 작은 사찰이지만 아스카 시대, 헤이안 시대 불
상을 중심으로 여러 시기의 아름다운 불상을 볼 수 있다.

관람 시간 9:00 ～ 16:00(10월 1일 ～ 3월 20일)
 9:00 ～ 16:30(3월 21일 ～ 9월 30일)
관람료 성인 600엔, 중학생 450엔, 초등학생 300엔

홋키지法起寺

호린지에서 10분 정도 동쪽으로 가면 국보 삼중탑으로 유명
한 홋키지法起寺(또는 호키지)가 나온다. 여기까지 오면 완전
히 시골 풍경이다. 홋키지에서 호류지역까지는 걸어서 40
분 정도 걸린다.

관람 시간 8:30 ～ 16:30(11월 4일 ～ 2월 21일)
 8:30 ～ 17:00(2월 22일 ～ 11월 3일)
관람료 성인 300엔, 초등학생 200엔

※ 모두 2018년 기준

호류지 가는 길

JR 호류지선	도보 약 20분
	버스 호류지몬마에 행 → 호류지몬마에 하차
JR 오지역 북문	버스 고쿠도 요코타, 호류지몬마에 행 → 호류지몬마에 하차
쓰쓰이역	버스 JR 오지역 행 → 호류지몬마에 하차

호류지 주변 지도

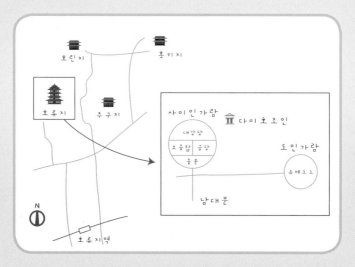

호류지 답사는 일반 사찰보다 시간이 더 많이 걸린다. 적어도 1시간 30분 필요하고, 가능하다면 2시간 이상 걸릴 것으로 생각하는 것이 낫다. 이카루가斑鳩라고 부르는 이 지역에서 걸으면서 주변 사찰도 답사하려면 한나절로는 부족하고, 하루 종일 여기서 지내는 게 더 즐길 수 있는 것 같다. 식당은 호류지 남대문 앞에 몇 곳이 모여 있다. 나는 나라 명물인 차로 쑨 죽을 먹었는데 꽤 괜찮다.

폐불훼석 아픈 역사 이겨낸 사찰

2009년도에 도쿄국립박물관과 규슈국립박물관에서 고후쿠지의 '국보國寶 아수라전阿修羅展'이 개최되었다. 도쿄에서 관람한 사람이 94만 6,000명 이상에 달했고, 그때까지 일본 미술을 대상으로 한 특별전으로서는 역대 가장 많은 관람객이 전시장을 찾았다. 규슈 관람객은 71만 명 이상이었다. 이 숫자는 과거 규슈에서 개최한 모든 특별전보다 훨씬 더 많은 사람이 모인 신기록이었다. 도쿄와 규슈를 합쳐서 무려 165만 명이 아수라상 특별전을 관람한 셈이다.

아수라상은 일본에서 절대적인 인기를 얻고 있는 슈퍼스타이다. 국보 아수라전에서 아수라상 뿐만 아니라 고후쿠지의 뛰어난 불상들도 전시되었지만 전시회 타이틀이 될 만큼이나 아수라상은 고후쿠지를 대표하는 불상이라고 할 수 있다. 아수라상 팬클럽도 있다니 이제 일본 국민의 아이돌이 되었다.

고후쿠지는 강대한 세력을 갖고 있었던 귀족 후지와라藤原씨의 가문 사찰氏寺이었다. 7세기에 후지와라씨의 시조인 나카토미노 가마타리中臣鎌足는 정변 때 공을 세우고 후지와라라는 성을 하사받고 후지와라노 가마타리가 되었다.

후지와라노 가마타리의 유언에 따라 가마타리 아내가 당시의 수도였던 현재 시가현滋賀縣에서 가까운 교토 야마시나로 추측되는 위치에 야마

고호쿠지 도콘도(東金堂)와 오중탑 일본 국보로 지정된 고후쿠지 도콘도와 오중탑 전경이다.

시나데라山階寺를 조영했다. 야마시나데라는 천도에 따라 아스카로 옮겨져 우마야사카데라厩坂寺가 되었다. 710년에 헤이조쿄 천도에 따라 가마타리 아들인 후지와라노 후히토藤原不比等가 우마야사카데라를 현재 고후쿠지가 있는 위치로 옮기고 나서야 비로소 오늘날의 고후쿠지가 되었다.

　후히토 누나, 딸이 천황과 결혼하고 황자와 황녀를 낳았다. 후지와라노 후히토는 이렇게 황실과의 밀접한 관계를 맺고 절대적인 권력을 갖게 되었다. 후지와라씨는 황실과 함께 고후쿠지 가람을 정비하고 금당, 오중탑, 강당 등 건물을 잇달아 지었다. 나라 시대 전기에 국가적인 불교 행사를 치르는 큰 사찰이 4개 있었는데 그 중의 하나가 고후쿠지였다. 원래 귀족 사찰로 시작한 사찰이 이렇게 큰 힘이 있다는 사실은 매우 이례적이었는데 이만큼 고후쿠지가 번성했던 것을 알 수 있다.

가람이 완성된 후 화재가 자주 발생해 피해를 입었다. 특히 11세기에는 거듭된 화재로 주요한 당탑이 모두 다 소실되었지만 후지와라씨의 절대적인 권력에 힘입어 빨리 복구되었다. 고후쿠지는 가까이 있는 후지와라씨의 가문 씨신사氏神社인 가수가샤春日社와 신불습합神佛習合이라는 생각으로 일치화되어 더 많은 장원莊園을 거느리고 야마토大和(현재 나라현) 일대에 군림했다.

그런데 오늘날 고후쿠지에 가보면 오중탑과 건물 몇 채만 남아 있다. 게다가 담장도 없어서 숭고한 사찰 경내에 있다는 느낌이 들지 않는다. 나는 도다이지나 나라국립박물관에 가끔 가는데 고후쿠지 경내는 단지 도다이지나 박물관 쪽에 갈 때 지나가는 길이라는 인상까지 있다. 오랫동안 나라 일대를 지배했고 뛰어난 불상도 많이 소장하고 있는 고후쿠지가 왜 이렇게 되었을까?

고후쿠지 아수라상 고후쿠지를 대표하는 불상이다.

15세기 전기부터 다행히 300년 동안 대화재는 일어나지 않았다. 그러나 1717년에 강당의 등명접시에서 발생한 화재로 주요 건물 대부분이 소실되었다. 그 당시 고후쿠지는 과거 같은 재력도 없고 후지와라의 힘도 없어서 일부 건물만 재건됐다.

그리고 무엇보다 큰 타격이었던 것이 1868년에 메이지 정부가 포고한 신불분리령神佛分離令을 계기로 일어난 폐불훼석

고후쿠지 오중탑

廢佛毀釋이었다. 신불분리령은 천황을 중심으로 하는 신도국교화神道國教化를 실현시키려고 거행된 정책이었다. 신불습합이란 신도와 불교의 일체화를 부정하고 신도를 원래 외래 종교인 불교에서 독립시키려고 했던 것이다. 신불분리령이 폐불훼석으로 발전했고 일본 여기저기에서 불상을 파괴하거나 승려 환속을 강제하는 일이 벌어졌다.

고후쿠지는 가수가샤 신관神官이 된 승려도 적지 않아 책임자로서의 승려가 없는 상태가 되었다. 정부는 고후쿠지를 폐사廢寺하기로 결정했다. 담장이 잇달아 헐렸고 법당 건물들도 해체되거나 철거되었고 심지어 다른 시설로 전용된 건물도 있었다.

오중탑은 250엔(현재 250만 엔 정도)으로 팔려고 했다. 그러나 해체할 비용이 많이 필요하기 때문에 오중탑을 불태우고 구륜九輪 등 금속만 가져가려고 하는 의견도 있었지만 주변의 주민들이 불이 크게 번질 것을 우려해 반대했다. 오중탑은 이렇게 살아남았다. 복잡미묘한 세속의 이해관계가 지금 국보로 지정된 오중탑을 볼 수 있게 만든 이유라는 것은 아이러니한 일이지만, 다행스럽기도 하다.

귀중한 불경, 기록, 문서는 가게 상품 포장지가 되어버렸고 훌륭한 불상이 파괴되거나 팔려 해외에 유출된 것도 있었다. 고후쿠지에 남은 불상은 당우에 거칠게 처박혔다. 당시 이런 상태를 찍은 사진을 보면 정말 가슴이 아프다. 그래도 해외에 유출되거나 누군가의 소장이 되었던지 살아남은 것 자체가 다행이다. 유출된 불상을 지금 당장 볼 수는 없지만 언젠가는 만나보게 될 것이라고 기대한다.

1880년엔 고후쿠지의 넓은 경내지는 나라공원이 되었다. 그러나 동시에 고후쿠지를 복원하자라는 목소리도 커져가면서 살아남은 당우의 수리와 공원화된 경내의 정비가 진행되었다. 공원화된 경내지는 점점 고후쿠지 경내지로 회복되었고 지금도 복원 공사가 진행 중이다. 그럼 지금 우리는 고후쿠지의 귀중한 보물을 어떻게 볼 수 있을까?

아수라상을 비롯한 팔부중상八部衆像, 십대제자상十大弟子像 등 국보나 중요문화재로 지정된 고후쿠지 보물들이 주로 1959년에 완성된 국보관에 소장되어 있다.

팔부중상과 십대제자상이 원래 사이콘도西金堂라는 현존하지 않는 당우에 봉안되어 있었

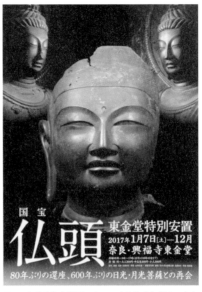

국보 야마다데라 불두 하쿠오 시대에 제작된 불두이다.

다. 사이콘도는 후지와라노 후히토 딸인 고묘光明 황후가 어머님을 추모하기 위해 734년에 조영한 것이다. 이 시기를 덴표天平 시대라고 부르는데 729년에서 749년 무렵은 훌륭한 불상이 많이 탄생한 불교 예술이 꽃 피는 시기였다.

오중탑 옆에 있는 국보 도콘도東金堂에는 약사여래좌상(15세기 초), 일광日光·월광月光 보살입상(7세기 말) 등 불상이 안치되어 있다. 현재 국보관에 안치되어 있는 국보 불두佛頭는 도콘도에서 발견되었다. 높이가 1미터 가까이 되는 이 불두는 불행한 운명을 겪고 지금 우리에게 고운 얼굴을 보여준다. 화재로 몇 번이나 소실된 도콘도는 그 때마다 복원되었지만 수리가 필요해서 1937년에 해체 수리를 시작했다.

수리가 시작된 지 2개월 가까이 지난 어느 날 저녁. 본존 대좌 내부에 불두가 있는 것이 우연히 발견되었다. 그 날 도콘도에서 작업을 했던 발

국보 도콘도(東金堂) 약사여래좌상, 일광·월광 보살입상이 안치되어 있다.

견자 일기에는 놀라움, 흥분, 감동의 말이 적혀 있었다고 한다. 이 불두는 원래 아스카 야마다데라山田寺에 안치되었던 것인데 고후쿠지에 옮긴 후 1411년 도콘도가 화재로 소실되었을 때 머리만 살아남아 화재 이후 복원된 도콘도 새 본존 대좌 내부 상자에 넣었다고 추측하고 있다.

이 불두는 685년 제작한 불상이었다는 것을 자료로 알게 되었다. 하쿠호 시대(7세기 중반~710년) 불상 가운데 자료로 제작년도가 밝혀지는 것이 드물어 귀중한 불상이다. 또 이 불두처럼 파손된 불상으로서 국보로 지정된 것도 드물다. 이만큼 이 불두가 걸작인 것이다. 국보관, 도콘도는 연중무휴로 관람할 수 있다.

고후쿠지는 가마쿠라 시대에 제작된 뛰어난 불상이 많은 것으로도 유명하다. 1180년에 병화로 고후쿠지 경내가 불바다가 되어 나라 시대, 헤이안 시대 불상이 거의 다 재가 되었다. 그 후 고후쿠지 복원 과정에서 가마쿠라 시대 불사가 활약했고 가마쿠라 조각을 대표하는 불상들이 탄생했다. 국보로 지정된 가마쿠라 시대 불상 가운데 절반 가까이 고후쿠지에 있다니 고후쿠지가 가마쿠라 조각의 보고라고도 할 수 있다.

국보 호쿠엔도北円堂에서 봄, 가을의 특별공개 기간에 천재 불모佛母 운케이運慶의 걸작을 볼 수 있다. 오랫동안 공사중이었던 주콘도中金堂는 2018년 10월에 완성될 예정이다. 고후쿠지의 장엄한 모습을 되찾을 수 있을 것이다.

고후쿠지 주변 볼거리

간고지 경내와 미가와리자루, 석불들

고후쿠지에 가면 고후쿠지 남쪽에 있는 나라마치奈良町에 가보길 권한다. 아스카데라 소개에서 헤이조쿄 천도에 따라 아스카데라가 헤이조쿄로 옮겨 간고지가 되었다고 했는데 나라마치는 옛날 간고지 경내지를 중심으로 하는 지역이다.

전통 가옥을 활용한 카페나 식당, 옥가게, 잡화점이 있는 나라마치는 우아한 교토와 다른 분위기가 있다. 나라마치에서 집집마다 처마에 빨간 원숭이 인형(身代ゎり猿, 미가와리자루)을 달아매는 것을 볼 수 있다. 이는 악운이나 재앙이 집안에 들어오는 것을 막아내는 효과가 있다고 한다.

관람 시간 9:00 ~ 17:00
관람료 성인 800엔, 초등학생 250엔, 중·고등학생 600엔
※ 국보관과 도콘도 모두 이용시(2018년 기준)

고후쿠지 가는 길

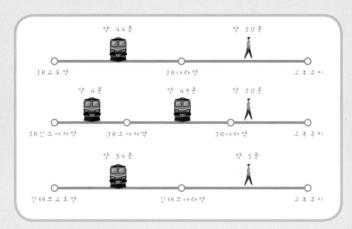

고후쿠지 주변 지도

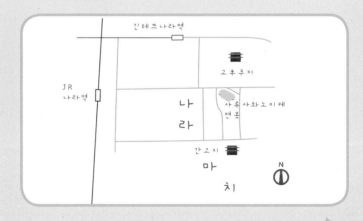

도다이지東大寺
동북아 불교 원력, 세계일화世界一花 피워내다

나라 사찰하면 아마도 도다이지를 고르는 일본 사람이 가장 많은 것 같다. 요새 외국인 관광객의 인기도 끌고 있어 휴일과 평일까지 여행 시즌인지 아닌지 상관없이 도다이지와 도다이지 주변이 언제든지 붐빈다.

도다이지는 728년에 요절한 쇼무聖武 천황의 황태자인 모토이基 천황을 추도하기 위하여 건립된 긴쇼산지金鐘山寺가 시작이다. 741년에 쇼무 천황이 고쿠분지國分寺 건립에 대한 조서를 발표했다. 고쿠분지란 오곡풍요五穀豊饒, 국가진호國家鎭護를 위해 나라(현재 부나현에 해당함)마다 세워진 사찰을 가리키는 말이다.

이 조서로 긴쇼산지가 야마토노쿠니大和國(현재 나라현) 고쿠분지인 긴코묘지金光明寺로 승격되었고, 이후에 사찰의 명칭이 도다이지로 바뀌었다. 당시는 천재지변이나 전란으로 불안한 사회이었기에 쇼무 천황이 국가가 평화롭게 번영하는 것을 기원하여 노사나대불 제작에 대한 조서를 발표했다.

조서에는 "돈이나 권력으로 하는 게 아니라 민중의 마음과 힘을 모아 대불을 제작하고 좋은 사회를 만들자"라는 내용이 담겼다. 한국말로 '십시일반十匙一飯'이라는 표현이 생각난다. 대불 제작이 국가 프로젝트이면서도 백성들에게 이렇게 협력을 청한 점이 도다이지 대불 제작의 특징이다. 권선勸善은 일본 각지를 돌아다니고 민중을 교화하거나 다리를 놓는 등 사

도다이지 비로자나불 도다이지의 본존불로 '나라 대불'이라고도 한다.

회사업을 열심히 했고 민중한테 큰 신뢰를 얻고 있었던 명승 교키行基 스님이 맡았다.

　　대불 제작의 주조 과정은 3년간 8번으로 나누어 진행되었다. 동원된 연인원이 무려 260만 명이었고 사용된 동이 500톤이었다고 한다. 752년 대불개안공양회大佛開眼供養會가 성대하게 열리고 인도 스님인 보다이센나菩提僊那가 개안을 했다. 이 법회에서 일본, 중국을 비롯한 무악舞樂이 봉납되었다니 참으로 화려하고 국제적인 개안식이 아니었을까.

　　국제적이라고 하면 도다이지 건립의 주역 네 명이 국제적이다. 발원을 한 쇼무 천황, 개산조사開山祖師인 로벤良弁 승정僧正, 권선을 맡았던 교키

교키 스님의 상 도다이지 건립 주역 중 한 명으로 도래인 출신이다.

스님, 개안을 맡았던 보다이센나를 도다이지 건립의 사성四聖이라고 부르는데 쇼무 천황 외에는 로벤 승정과 교키 스님은 한반도에 유래가 있는 도래인 출신 일족이고 보다이센나는 인도 출신이다. 도다이지를 건립하는 대공사 주역을 맡았던 사람도 도래인 출신이고, 도래인 출신인 불사, 주조사鑄造師 등 기술자들도 활약했다. 도다이지는 해외에서 건너온 사람이 없이 건립할 수 없었던 것이다.

도다이지는 국가 안녕을 기원하는 사찰인 동시에 불교의 교리를 연구하는 곳으로서 화엄종華嚴宗을 비롯한 남도육종南都六宗(남도는 나라 지역), 그리고 헤이안 시대 이후는 진언종眞言宗, 천태종天台宗을 포함한 팔종八宗을 연구하는 학문 사찰이 되었다. 도쇼다이지 개산조인 감진鑑眞 스님도 도다이지에서 많은 사람한테 수계를 내렸다.

도다이지가 역사상 병화로 전체적으로 큰 피해를 입은 것이 두 번이 있는데, 하나는 1180년이고, 다른 하나는 1567년이었다. 1180년엔 대불전을 비롯한 가람 대부분이 소실되었다. 그러나 다음 해부터 복원이 시작되어 조겐重源 상인上人을 중심으로 권선이 진행되었다. 대불 수리는 마침 규슈 하카타에 있었던 송宋나라 공장工匠이 맡았고, 1185년에 새로 만들어진 대불 개안開眼이 진행되었다. 10년 후엔 대불전 낙성을 축하하는 법회도

도다이지 대불전 세계 최대의 목조 건물로 비로자나불의 좌상이 안치되어 있다.

열렸다.

　　이후 1567년에도 대불전을 비롯한 주요 건물이 소실되었다. 당시 복원에 대한 움직임이 있었지만, 본격적인 재건은 소실된 지 100년 이상 후에 시작했고, 1692년에 수리된 대불의 개안식이 성대하게 열렸다.

　　그 때 나라에 30만 명이 방문했다는 기록이 있다고 하니 대불이 백성들의 신앙을 많이 받고 있었다는 것을 알 수 있다. 대불에 이어 대불전도 재건되었지만 당시 큰 나무가 거의 없고 자금도 부족해 대불전 정면이 원래 폭의 약 3분의 2 정도로 축소되었다. 측면 길이와 높이는 창건 당시 그대로 복원되었다.

현재 대불전 정면이 약 57미터, 측면이 약 50미터, 높이 약 48미터로 세계에서 목조 건축물로서 최대급 크기이지만 창건 당시는 더 컸던 것이다. 20세기 후반에 대불전 대수리를 했을 때 대불전 앞에 있는 참배로도 정비되었는데 인도, 중국, 한반도 그리고 일본의 돌이 사용되었다. 불교가 일본으로 전래된 길을 이 돌로 상징적으로 표현한 것이다.

도다이지에 여러 행사가 있는 가운데 무엇보다 유명하고 민중의 사랑을 받고 있는 것이 '오미즈토리お水取り'라는 이름으로 널리 알려진 '슈니에修二会'이다. 슈니에의 정식적인 명칭이 '십일면관음회과법요十一面觀音悔過法要'이고, 752년에 시작된 후 한 해도 거르지 않고 지금까지 계속 진행돼왔다.

슈니에는 평소에 범한 잘못을 관음보살 앞에서 참회하고, 맑고 깨끗한 마음과 몸을 얻어서 행복하게 사는 것을 추구하자는 법회다. 고대인은 재앙이나 역병, 전란이 국가의 병이라고 생각했는데 이런 국가의 병을 슈니에를 통해서 없애고, 천하태평, 오곡풍요 그리고 민중의 행복을 기원했다는 것이다.

매년 음력 2월에 열린 이 법회는 3월 1일부터 3월 14일까지 니가쓰도二月堂에서 진행됐다. 이는 나라를 비롯해 간사이 지방에 거주하는 사람한테 봄의 도래를 알려주는 행사이기도 하다. 슈니에는 렌교슈練行衆라고 부르는 승려 11명을 뽑아 렌교슈를 중심으로 진행되는데 전년 12월부터 여러 준비를 한다. 렌교슈는 모든 사람의 죄를 대신 참회하여 관음보살에게 사람들의 행복을 기원하는 이른바 관음과 사람을 잇는 매개자 역할을 한다. 매년 3월 1일에서 14일까지 저녁이 되면 관솔불이 잇달아 니가쓰도二月堂 아래에서 계단을 통해 무대에 올라가 정말 장관이다.

이 행사는 굉장히 인기가 있어 멀리에서 일부러 오는 사람도 적지 않

도다이지의 니가쓰도(二月堂) 매년 관음보살에게 죄업을 참회하는 '슈니에(修二会)'가 열리는 곳이다.

다. 특히 12일에 더 큰 관솔불이 사용되기 때문에 더 많은 사람이 보러간
다. 옛날에 시작한 물과 불로 재앙을 없애고 행복을 기원하는 슈니에는
현대인들에게도 아주 매력적인 행사라고 할 수 있다.

　슈니에 외에 추천하는 것은 대불전 관상창觀相窓이 열리는 날이다. 1월
1일 오전 0시에서 아침 8시까지 관상창이 열리고, 대불전 밖에서 대불을
예불할 수 있다. 장엄히 새해를 맞이할 수 있어 정말 좋다. 8월 15일에 만
등공양万燈供養이라는 행사가 있을 때도 저녁에 관상창이 열린다. 기본적으
로 1년에 1월 1일과 8월 15일 2번 열리지만 이외에도 관상창이 열릴 때가
있다. 평소에 방문하는 것도 충분히 좋은 체험이 될 수 있지만, 행사가 있
을 때 시간을 맞춰서 찾아가면 색다른 도다이지를 느낄 수 있어 더 좋은
추억이 될 것이다.

도다이지 경내와 주변 볼거리

도다이지에 갈 때마다 느낀 게 대불전에 많은 방문객이 있는 반면에 대불전 외의 도다이지 경내 볼거리에는 대불전처럼 사람이 그다지 많지 않은 것이다. 정말 아쉬운 일이다. 도다이지를 방문할 때는 남대문을 통해서 대불전에 가고, 다음엔 대불전 동쪽에 있는 니가쓰도二月堂, 홋케도法華堂를 보러가는 것을 추천한다.

니가쓰도二月堂

대불전에서 니가쓰도二月堂로 오르는 길도 걸으면 참 좋다. 니가쓰도는 슈니에 때 올라갈 수 없지만 평소에는 무료로 올라갈 수 있다. 관음보살이 비불秘佛이고, 건물 안에 못 들어가지만 예불 공간인 무대는 괜찮다. 니가쓰도 무대에서 대불전을 비롯한 도다이지 경내 건물도 바라볼 수 있어 고도古都 나라의 분위기가 가득하다.

니가쓰도二月堂는 17세기에 슈니에 때 불이 나 소실되었기 때문에 재건된 건물이지만 니가쓰도 남쪽에 있는 법화당은 나라 시대에 지은 것이며 도다이지에서 가장 오래된 건축물이다. 병화로 큰 피해를 입은 도다이지에서 나라 시대에 세워진 건물이 거의 남아 있지 않아 정말 귀중하다.

데가이몬轉害門과 쇼소인正倉院

시간이 좀 더 여유가 있다면 북서쪽에 있는 데가이몬轉害門, 쇼소인正倉院도 가보시기를 바란다. 데가이몬은 도다이지 창건 당시의 모습을 그대로 보여주는 8개 기둥이 있는 훌륭한 문이다. 데가이몬 동쪽엔 쇼소인이 있다. 756년에 쇼무 천황이 세상을 떠난 후 고묘 황후가 천황의 유물을 도다이지 대불에 바치고 쇼소인에 보관했던 것이 보물 창고 쇼소인의 시작이다. 지금은 도다이지가 아니라 구나이초宮內廳 관할로 되어 있다.

관람 시간 10:00 ~ 15:00(외관 무료 관람)
※ 매년 10월 하순에서 11월 상순까지 나라국립박물관에서 쇼소인전이 열리고 쇼소인의 보물들이 공개된다. 실크로드를 통해 전해진 보물도 있어 쇼소인이 실크로드 동쪽의 종점이라고도 할 수 있다. 고대인이 전한 국제성이 풍부한 아름다운 보물을 보러가는 것을 추천한다.

도다이지 가는 길

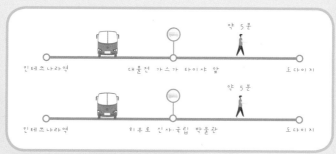

킨테쓰 나라역   대불전 가스가 타이샤 앞   약 5분   도다이지

킨테쓰 나라역   히무로 신사·국립 박물관   약 5분   도다이지

도다이지 주변 지도

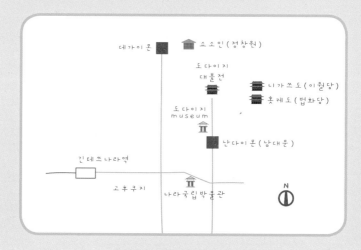

데가이몬   쇼소인 (정창원)

도다이지
대불전   니가쓰도 (이월당)
홋케도 (법화당)

도다이지
museum   난다이몬 (남대문)

긴테쓰 나라역

고후쿠지   나라국립박물관   N

야쿠시지藥師寺와 도쇼다이지唐招提寺

천년 이어온 애틋한 치유의 발원

야쿠시지

도다이지 대불大佛, 나라 사슴공원, 고후쿠지 아수라상 등 나라奈良하면 떠올리는 상징물이 여러 가지가 있다. 그 가운데 내가 제일 먼저 떠올리는 것은 연못 뒤에 나란히 있는 야쿠시지藥師寺 쌍탑의 아름다운 풍경이다.

야쿠시지는 일본 천황이 황후를 위하여 건립한 최초의 사찰이다. 680년에 덴무天武 천황이 황후의 병이 치유되는 것을 기원해 당시 건설 중이었던 후지와라쿄藤原京에서 야쿠시지 건립을 발원했다. 그러나 발원한지 6년 후 덴무 천황이 병으로 세상을 떠났다. 황후는 황위를 계승해 지토持統 천황이 되고 본존 약사여래의 개안을 봉행했다. 698년에 손자인 몬무文武 천황에 의하여 야쿠시지가 완성되고 710년에 수도가 헤이조쿄로 천도된 것에 따라 야쿠시지도 718년에 현재 있는 위치로 옮겨졌다.

창건 이래 장려한 모습을 자랑했던 야쿠시지는 전란이나 화재로 황폐했고, 특히 1528년의 병화兵火로 동탑東塔 외에는 대부분 소실되었다. 1967년에 스님이 야쿠시지 재건을 발원하면서 금당, 서탑, 중문, 회랑 그리고 대강당이 복원되었다.

야쿠시지에서 유일하게 현존하는 창건 당시의 동탑(국보)은 육중탑으

야쿠시지 금당 국보 약사삼존상이 안치되어 있다.

로 보이지만 실제로는 삼중탑이고 작은 지붕은 '모코시裳階(일본 건축 특유의 차양)'다. 동탑은 모코시 때문에 율동적인 아름다움이 있고 그로 인해 '얼어붙은 음악(frozen music)'이라는 예술적인 애칭을 얻어 많은 사람의 사랑을 받고 있다. 안타깝게도 지금 수리 중이라 볼 수 없고, 안내하는 스님에 따르면 2020년에는 수리가 끝날 예정이라고 한다.

　　동탑 창건 시기에 대해서는 후지와라쿄에 있던 것을 그대로 옮긴 것인지 후지와라쿄에 있던 탑을 모델로 현재 위치에서 새로 지은 것인지에 대한 논쟁이 꽤 오랫동안 벌어졌다. 2016년 12월에 나온 신문 기사에 의하면 연륜 연대 측정으로 730년 무렵에 지은 것이라는 조사 중간 결과가

야쿠시지 서탑과 동탑 현재 동탑은 수리 중이며 2020년에 끝날 예정이다.

나왔다고 한다. 아무튼 야쿠시지가 장려한 하쿠호白鳳(7세기 중반~710년) 가람인
것이 사찰을 사랑하는 사람에게 더 중요한 게 아닌가.

　야쿠시지 금당에 들어가면 하쿠호 시대의 최고最高일 뿐만 아니라 일
본 불상 조각을 대표하는 국보 약사삼존상藥師三尊像을 만날 수 있다. 가슴을
펴고 당당한 모습으로 앉아 있는 약사여래좌상을 중심으로 일광日光보살,
월광月光보살이 있다. 일광보살과 월광보살의 허리를 비트는 육감적인 모
습이 아스카 시대의 불상 모습과는 전혀 다르다. 삼존불 하나하나가 정말
아름다워서 하나씩 봐도 괜찮지만 삼존이 함께 있는 모습도 잘 조화되어
있어서 참 좋다.

　약사여래좌상이 앉아 있는 대좌도 자세히 들여다보면 그리스, 페르
시아 문양, 사신四神 등이 조각되어 있어 당시의 국제 교류를 엿볼 수 있다.

야쿠시지 금당의 본존불 약사여래좌상 본존불을 중심으로 일광·월광보살이 안치되어 있다. ©신성민

동탑의 동쪽에 있는 동원당東院堂에 안치되어 있는 기품이 있고 예쁜 국보 쇼칸제온聖觀世音보살상도 놓치지 말고 실견하기를 권한다.

야쿠시지에는 가람이 더 하나 있다. 『서유기西遊記』로 유명한 스님 겐조산조玄奘三藏의 분골分骨이 봉안되어 있는 겐조산조인玄奘三藏院 가람이다. 야쿠시지 종파를 법상종法相宗이라고 하는데 법상종이 겐조산조 스님의 가르침을 계승하는 종파라 붙여진 이름이다. 이 가람에 있는 대당서역벽화전大唐西域壁畫殿에서 히라야마 이쿠오平山郁夫(1930~2009) 화백이 그린 장대한 회화 실크로드를 볼 수 있다. 관람 가능 기간은 1/1~1/15, 3/1~6/30, 8/13~8/15, 9/16~11/30.

도쇼다이지

야쿠시지에서 북쪽으로 10분 정도 걸어가면 도쇼다이지唐招提寺에 이른다. 759년에 건립된 것이며 창건 시기가 야쿠시지와 다르지만 거리가 너무 가까워 야쿠시지에 이어 소개한다.

도쇼다이지 개산조는 당나라에서 처음 정식으로 불교 계율을 전해준 유명한 스님 감진화상鑑眞和上이다. 대학 시절에 중국 문화 전공이었던 나는 중국인을 접할 기회가 많았는데 만나면 인사말처럼 감진 스님을 언급하는 중국인이 많았다. 이처럼 감진 스님은 중국과 일본 교류의 상징처럼 여겨진다. 도쇼다이지 소개는 감진 스님이 일본에 건너온 이야기부터 시작하자.

688년에 강소성江蘇省 양주揚州에서 태어난 감진은 14세에 출가했고, 26세에 계율 강의를 시작했다. 이후 강좌는 130회, 감진 스님이 수계를 내린 제자가 4만 명에 달했다. 아스카 시대, 나라 시대 초기의 일본 불교도 수계

도쇼다이지 금당 국보 노사나불좌상을 비롯하여 국보로 지정된 여러 불상들이 안치되어 있다.

는 '자서수계自誓授戒'였으며 정식으로 스승을 모시고 의식을 갖춘 수계가 아니었다. 그래서 일본 스님은 신라나 당나라에 가면 승려라는 인정을 받지 못하였다. 일본 스님들은 수계의 중요성에 대해서 깨달았다. 742년 감진 스님이 양주 대명사大明寺에서 강의를 했다.

이때 감진 스님은 일본에서 파견된 유학승으로부터 계율을 세워줄 사승을 일본에 파견해 달라는 요청을 받았다. 그 후 스님이 제자들에게 물어봤더니 가겠다고 나서는 제자가 한 명도 없었다. 이에 감진 스님은 아무도 가지 않는다면 내가 가겠다고 결연히 말했다. 그 때 이미 스님의 나이는 55세였다.

도항은 다섯 번 실패했고 다섯 번째 도항 때는 감진 스님이 실명했

중국경화 감진 스님의 주석처인 도쇼다이지에는 중국 양주 명화인 경화가 4월 하순부터 5월 상순에 핀다.

다. 그럼에도 불구하고 자신의 의지를 끝까지 포기하지 않고 753년 여섯 번째 도항 때 드디어 일본에 도달했고 754년에 헤이조쿄에 도착했다. 감진 스님이 도다이지 대불전 앞에 계단을 만들어 쇼무 태상황을 비롯하여 400여 명 승속들에게 수계를 내렸다. 이것이 전계사傳戒師를 모시고 여법하게 치른 일본 최초의 수계이다. 감진 스님은 도다이지에서 5년을 지낸 후 칙명으로 받은 곳에 가람을 짓고 계율의 강의, 연구를 하는 도량을 만들었다. 도쇼다이지는 이렇게 시작되었다. 763년 5월 세납 76세로 감진 스님은 결가부좌한 채 세상을 떠났다.

경내 미에이도御影堂에 국보 감진화상좌상이 안치되어 있다. 나라 시대에 탈활건칠조법으로 제작된 이 작품이 일본 초상조각 작품 가운데 가장 오래된 것이다. 평소에는 볼 수 없지만 매년 6월 5일에서 7일까지 사흘

만 공개한다. 미에이도는 수리중이고 2021년에 완성될 예정이다. 공사가 끝날 때까지 감진화상좌상은 경내 신호조新寶藏라는 보물관에서 개산 기간에 만날 수 있다. 여기의 장벽화도 유명하다. 히가시야마 가이이東山魁夷 (1908~1999)화백이 10년을 들여서 완성한 장벽화로 일본 바다와 산, 감진 스님 고향인 양주와 중국 산수를 그린 것이다. 장벽화는 공사 기간에 사찰에서 못 보지만 일본 미술관에서 공개할 때가 있다.

감진 스님 이야기를 많이 했다. 도쇼다이지 답사는 남대문부터 시작하는데 남대문에서 들어가면 국보 금당의 위용에 압도당한다. 나는 이 금당을 너무 좋아한다. 금당 정면에 나란히 있는 8개의 기둥이 벽면 앞에 뻗어 나온 겹처마를 받치는데 기둥과 벽면 사이가 마치 회랑인 것 같고, 이 사이에 서서 보는 금당 모습이 정말 아름답고 다른 사찰에서 볼 수 없는 독특한 풍경이다.

금당 내부에는 노사나불좌상盧舍那佛坐像을 중심으로 약사여래입상藥師如來立像, 십일면천수관세음보살입상十一面千手觀世音菩薩立像이 봉안되어 있다. 이런 불상 배치는 드물어서 도쇼다이지만의 특색이라고 할 수 있다. 노사나불 앞에는 범천·제석천입상梵天·帝釋天立像이 있고 네 구석에는 사천왕입상四天王立像이 불상을 지키고 있다. 금당 내 불상이 모두 다 국보로 지정되어 있다. 천수관음입상은 일본 최고最古 최대의 천수관음입상이다. 큰 손 42개, 작은 손 911개가 있는데 정말 장관이다.

금당 주변에 있는 건물도 국보나 중요문화재로 지정되어 있고 경내 분위기도 좋아 즐겁게 답사할 수 있다. 특히 여름에 피어난 연꽃이 정말 예뻐서 많은 사람들이 사진을 찍으려고 찾아간다. 나도 그 중의 하나이다.

오사카 난바難波역에서 니시노쿄역까
지는 40분 정도이며 나라 답사 코스
중에서도 쉽게 갈 수 있는 편이다. 야
마토사이다이지大和西大寺역에서 한 번
갈아타야 하는 수고로움은 있다.

야쿠시지에서 도쇼다이지에 이어지는
길은 고도古都 나라奈良다운 고풍스러
운 분위기가 가득하다.

야쿠시지와 도쇼다이지는 호류지처럼
답사 시간이 길게 필요하지는 않지만
한 곳에서 대략 40분에서 1시간 정도 걸린다.

도쇼다이지에서 10분 정도 걸으면 수이닌垂仁 천황의 묘가 있다. 여기서 20분 정도 더 걸으
면 기코지喜光寺가 나온다. 기코지는 나라 시대를 대표하는 명승인 교키 스님에 의하여 721
년에 창건된 사찰이다.

기코지에서 주택가가 이어지는 길을 따라 15분 정도 걸어가면 사이다이지西大寺에 도착한
다. 시간이 있으면 사이다이지 경내를 답사하는 것도 괜찮다. 사이다이지를 나가면 바로 야
마토사이다이지역이다.

야쿠시지

관람 시간 8:30 ～ 17:00(입관은 16:30까지)

관람료

겐조산조인 가람 공개 / 비공개	성인	초등학생	중학생 / 고등학생
개인	1,100엔 / 800엔	300엔 / 200엔	700엔 / 500엔
25명 이상의 단체	1,000엔 / 720엔	270엔 / 180엔	630엔 / 450엔
장애인	장애인 수첩 소지자는 본인과 동반 1인 요금 반액		

도쇼다이지

관람 시간 8:30 ～ 17:00(입관은 16:30까지)

관람료

	성인	초등학생	중학생 / 고등학생
개인	600엔	200엔	400엔
30명 이상의 단체	480엔	160엔	320엔
장애인	장애인 수첩 소지자는 본인과 동반 1인 요금 반액		

※ 모두 2018년 기준

야쿠시지와 도쇼다이지 가는 길

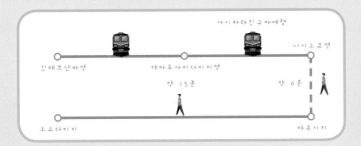

야쿠시지와 도쇼다이지 주변 지도

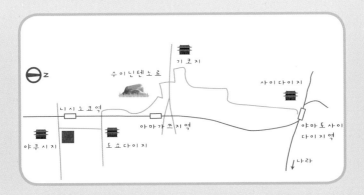

다이마데라當麻寺
연사蓮絲로 짠 만다라, 이고득락 염원 담다

깊은 역사가 있는 나라의 사찰들은 그마다 독특한 특색이 있어서 이를 소개하는 것이 좋지만, 다이마데라는 떠오르는 것이 너무 많아 한마디로 설명하는 것이 쉽지 않다.

일본에서 '하나노테라花の寺'라는 표현이 있다. 꽃으로 유명한 사찰을 가리키는 말이다. 일본 사람이 사찰을 찾아가는 목적이 불상을 배례하는 것 외에도 예쁜 꽃을 구경하기 위한 목적으로 갈 때가 종종 있다. 내가 다이마데라에 처음으로 가본 것이 2007년이었는데, 그 때의 목적도 모란牡丹을 보기 위한 것이었다. 다이마데라에 가보기 전, 나에게는 다이마데라는 꽃으로 유명한 사찰이라는 이미지 밖에 없었다. 그러나 실제로 가봤더니 유명한 불상도 안치되어 있고 역사도 깊어 한두 번 방문하는 것만으로는 간단하게 알 수 없는 사찰의 매력에 빠졌다.

다이마데라 창건과 관련해서는 자료에 따라 다르지만, 7세기 초 쇼토쿠 태자의 이복 동생인 마로코 황자麻呂子親王가 건립한 사찰을 약 70년 후 마로코 황자 손자인 다이마노마히토쿠니미當麻眞人國見가 현재 위치로 옮겼다고 한다.

긴테쓰 다이마데라역에서 10분 정도 걸으면 다이마데라 인왕문仁王門이 나온다. 인왕문을 지나서 가장 먼저 보이는 것이 일본에서 가장 오래된 범종(국보)이다. 범종 다음은 왼쪽에 나카노보中之坊가 있고, 나카노보 뒤

다이마데라 동서 쌍탑의 전경　삼중탑인 동탑과 서탑은 모두 국보로 지정되었다.

에 삼중탑인 동탑(국보)이 있다. 더 앞으로 나아가면 오른쪽에 강당, 왼쪽에 금당이 있고 왼쪽 뒤에는 삼중탑인 서탑(국보)이 보인다. 나라에서는 고대나 중세에 지은 탑이 여기저기 남아있으나 고대 동·서 쌍탑이 지금까지도 남아있는 곳은 다이마데라 뿐이다.

　　강당과 금당을 지나면 정면에 본당인 만다라당(曼茶羅堂)이 있다. 그런데 인왕문에서 만다라당까지 걸으면 좀 어색한 느낌이 든다. 주로 왼쪽에 있는 건물들을 보면서 걷게 되는데 이는 다른 사찰에서 없는 일이다. 대개 보통의 사찰들은 남쪽에서 들어가 북쪽으로 나아가는 게 일반적인데 반해 다이마데라는 동쪽에서 서쪽 방향으로 전각이 배치되어 있기 때문이다.

주조히메 상 국보 다이마만다라를 만들었다고
전해진다.

지도를 보면 다이마데라 남쪽에 '다케노우치카이도竹內街道'라는 길이 있다. 이 길은 옛날에 오사카와 나라를 잇는 중요한 길이었다. 창건 당시에 다케노우치카이도가 있는 남쪽에 문이 있었고 원래는 남쪽에서 들어갔다라고 생각하면 이 가람 배치도 이해가 간다.

종파가 2개 있는 것도 다이마데라의 특징이다. 원래는 삼론종三論宗이었으나 지금은 진언종眞言宗과 정토종淨土宗이 공존한다. 823년에 구카이空海 대사가 다이마데라에 와서 만다라를 배례하고 다이마데라에서 수행한 것을 계기로 진언종 사찰이 되었다고 한다. 다이마데라에 9세기 말에서 12세기에 제작된 훌륭한 불상이 많은데, 이것도 진언 밀교화된 다이마데라의 역사와 관계가 있다고 생각할 수 있다.

헤이안 시대 말기에 말법사상末法思想의 보급에 따라 내세에 아미타여래의 서방극락정토에 다시 태어나고 싶다는 신앙이 번졌고 아미타당이 여기저기 건립되었다. 그때부터 다이마데라는 아미타여래의 정토를 그린 다이마만다라를 안치한 사찰로서 주목받게 되었다. 가마쿠라 시대에 들어 정토종의 개조 호넨法然 스님의 제자인 쇼쿠證空 스님이 다이마만다라를 그대로 복제한 다이마만다라를 보급시켰다. 심원한 교의를 이해하지 못하는 백성들에게 만다라는 비교적 쉽게 받아들일 수 있는 것이었다.

다이마만다라는 763년에 귀족 딸인 주조히메中姬에 의하여 하룻밤에 완성되었다고 한다. 곱고 총명한 주조히메는 어렸을 때 어머니를 여의고 계모의 손에 자랐다. 계모는 주조히메를 심하게 괴롭혔다. 그럼에도 불구하고 주조히메는 계모를 원망하지도 않고 만민의 행복을 위해 기도하는 방법을 찾아서 도시를 떠나 16세 때 해가 지는 니조산二上山 기슭에 있는 다이마데라를 방문했다. 당시 여성은 다이마데라에 못 들어갔지만 주조히메는 열심히 독경하고 기도했다. 포기하지 않고 정진을 이어가자 드디어 소원이 이루어져 비구니가 되었다. 사찰에서 주조히메는 오로지 극락왕생을 기도했다.

어느 날 어떤 노비구니가 나타나 주조히메한테 연蓮 줄기를 모으라고 명령했다. 주조히메는 연 줄기를 여기저기서 모아 노비구니의 지시에 따라 줄기에서 실을 꺼내 이 실을 오색五色으로 염색했다. 그러자 다음에는 어떤 젊은 여성이 나타나 주조히메와 함께 오색으로 염색한 실로 직물을 짜기 시작했다. 저녁에 시작했는데 다음날 새벽에 완성되었다. 국보 다이마만다라는 이렇게 탄생했다. 만다라가 완성된 후 젊은 여성이 홀연히 없어지고 노비구니도 사라졌다. 이 비구니가 바로 아미타부처이고 젊은 여성이 관음보살이었다. 마음이 밝아진 주조히메는 절에서 더 열심히 수행했다. 29세 때 주조히메 앞에 아미타불과 이십오보살二十五菩薩이 나타나 주조히메를 극락정토에 데리고 갔다.

주조히메 이야기는 어디까지가 사실이고 어디서부터 전설인지 잘 모르겠다. 학술 조사를 통해서 만다라가 직물인 것이 밝혀지게 되었지만 직

만다라당 국보 다이마만다라를 16세기 초에 복제한 다이마만다라가 본존으로 안치되어 있다.

물의 실은 연실이 아니라 비단실이다. 그리고 일본에서 제작된 것이 아니라 중국에서 만들어졌다는 설도 있다. 확실한 것은 주조히메가 다이마데라의 상징이고 주조히메를 주인공으로 하는 노能·가부키歌舞伎 등 일본 전통 예능이 있으며, 많은 사람의 사랑을 받는 것이다. 매년 5월 14일에 보살들이 극락정토에서 주조히메를 데려다가 현세에 와서 주조히메가 보살들을 따라 극락왕생하는 것을 재현하는 행사가 있다. 이 행사는 1005년에 시작했다고 하는데 천 년을 넘어 계속 봉행하고 있다는 사실이 얼마나 대단한 것인지 모르겠다.

국보 다이마만다라는 기본적으로 비공개이지만 드물게 박물관 특별전에서 전시될 때도 있다. 2013년 나라국립박물관에서 개최한 '다이마만다라 1250년 기념특별전'에서 공개된 바 있다. 앞으로도 이런 기회가 올 것을 기대한다.

다이마데라 티켓과 관련 자료 본당에서 산 티켓으로 본당. 금당. 강당을 관람할 수 있다.

본당(만다라당), 강당, 금당을 관람할 때는 먼저 본당에서 티켓을 산다. 이 티켓으로 3곳을 관람할 수 있다. 본당에서 우리가 볼 수 있는 다이마만다라는 16세기 초에 복제한 것이다. 본당에는 주조히메와 함께 만다라를 짰다고 전하는 관음보살도 안치되어 있다. 강당은 병화로 소실되어 가마쿠라 시대에 들어 다시 지은 것이다. 강당에 안치되었던 창건 당시의 불상도 다 소실되었기 때문에 지금 우리가 강당에서 보는 불상들은 모두 다른 곳에 있던 것을 여기에 옮긴 것이다.

금당에는 원래 다이마데라 본존이었던 미륵불좌상과 사천왕입상이 안치되어 있다. 금당의 불상 대부분이 하쿠호 시대에 제작되었다. 사천왕상이 호류지 금당 사천왕상에 이어 일본에서 두 번째로 오래 된 사천왕상인데, 다이마데라 사천왕상의 턱에 수염이 있다는 것이 특징이다. 내가 처음으로 다이마데라를 방문했을 때 가장 인상적이었던 것은 바로 이 사천왕상의 이국적인 얼굴이었다.

경내의 가장 뒤에 있는 오쿠노인奥院도 가보기를 권한다. 아름다운 정원이 있는 이곳에서 동서탑이 나란히 있는 모습을 볼 수 있다(서탑은 수리 중). 오쿠노인 보물관에는 10세기에 한반도에서 전래되었다고 하는 철불을 실견할 수 있다. 개인적으로 온화한 미소를 지닌 철불을 좋아한다.

다이마데라 주변 볼거리

매년 5월 14일 진행되는 네리쿠요

다이마데라역에서 10분 정도 걸으면 사찰 입구에 도착한다. 문 앞에 있는 후타카미라는 식당에서 나라 명물인 일식 소면과 가키노하즈시(감잎으로 싼 초밥)를 맛볼 수 있다.

셋코지石光寺

다이마데라 경내를 관람한 후 북쪽 문으로 나가 북쪽 방향으로 약 10분 정도 걸어가면 셋코지石光寺라는 아담한 사찰이 나온다. 셋코지는 일본에서 가장 오래된 석불이 있고 주조히메가 연실을 오색으로 염색했다고 전해지는 우물이 있는 사찰이다.

1990년대의 발굴 조사 결과 파손된 상태로 출토된 석불은 매년 1월 1일부터 1월 31일, 4월 20일부터 5월 20일까지 두 차례 공개된다. 또한 셋코지는 꽃으로 유명한 사찰이고 모란, 작약이 피는 시기에는 많은 사람들이 찾아온다.

셋코지에서 10분 정도 걸어가면 미치노에키 후타카미파쿠타이마가 나온다. 미치노에키란 도로휴게소인데 현지의 농산물이나 가공식품 등 특산물을 판매하고 있어 보기만 해도 재미있고 항상 붐빈다.

다이마데라 가는 길

약 40분

킨테쓰아베노바시역   ※ 30분에 한 번 밖에 없으니 주의!   다이마데라

다이마데라 주변 지도

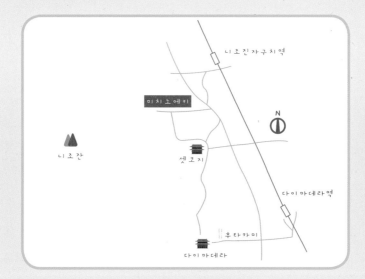

니조진자구치역

미치노에키

니조잔

셋코지

다이마데라역

후타카미

다이마데라

하세데라長谷寺와 무로우지室生寺
관음보살 가피, 등불 따라 펼쳐지네

하세데라

하세데라長谷寺는 꽃과 함께 관음신앙으로 유명한 사찰이다. '하세데라長谷寺'나 '하세칸논長谷観音'으로 인터넷 검색을 하면 나라 하세데라 외에도 같은 이름의 하세데라가 몇 곳 더 나온다. 하지만 꽃과 관련된 사찰은 나라에 있는 하세데라가 가장 유명하다. 하세데라 관음신앙이 이 만큼 일본 전국으로 전개된 것이다. 아마 수도권에 거주하는 사람들에게는 하세데라라고 하면 가나가와현 가마쿠라鎌倉 하세데라가 떠오를 것 같다.

하세데라 창건은 7세기 후반으로 거슬러 올라간다. 아스카 가와라데라川原寺 승려인 도묘道明 상인이 덴무 천황을 위하여 국보 '동판법화설상도銅板法華説相圖'를 만들고 삼중탑을 건립해 사찰을 창건했다. 이것이 하세데라의 시작이다.

나라 시대에 들어 쇼무 천황 발원으로 도쿠도德道 상인이 가람을 조영하고 중생을 구제하기 위해 십일면관세음보살상十一面観世音菩薩像을 봉안했다. 733년에 명승 교키 스님을 도사導師로 관음의 개안이 진행되었다.

하세데라는 건립 후 화재로 몇 번이나 피해를 입었다. 그때마다 소실된 관음보살상의 남은 일부분을 새로 만든 보살상 내부에 넣어왔기 때문에 영험함이 여전히 있다고 한다. 현존하는 관음보살상이 16세기에 제작

하세데라의 봄 하세데라는 꽃으로 유명한 사찰이다.

된 것이며 높이 약 10미터, 중요문화재로 지정되어 있다. 돌로 만든 대좌 위에 서서 왼손으로 물병을 들고 오른손에 염주를 쥐고 석장錫杖을 갖고 있는데 지팡이를 짚고 백성을 구제하기 위해 어디든지 걸어간다는 자세를 보여준다. 이런 모습의 관음보살상이 드물어 이를 하세데라식이라고 부른다.

　『법화경法華經』에 여인 왕생에 대하여 언급되어 있어서 그런지 관음보살상은 특히 여성으로부터 신앙을 받을 뿐만 아니라 많은 여성들이 하세데라를 찾는다. 『겐지모노가타리源氏物語』를 비롯한 헤이안 시대의 유명한 문학 작품에도 하세데라가 등장하는데 많은 참배객이 하세데라에서 묵고

관음만등회 행사 새해의 건강과 행복을 기원하는 행사이다.

기도했다고 한다. 옛날 사람에게는 꿈을 꾸는 것이 신불과의 교류를 의미

하고 관음의 가피를 꿈을 통해서 알게 되었기 때문이라고 생각된다.

하세데라 순례와 더불어 여러 관음 영장을 참배하여 공덕을 얻겠다

는 참배객이 늘어 헤이안 시대 후반에 33개의 관음 영장이 만들어져 순례

가 시작되었다. 하세데라를 포함한 이 순례를 '사이고쿠33쇼준례西國三十三所

巡禮'라고 부른다. 사이고쿠는 현재 오사카, 교토, 나라, 시가, 와카야마, 효

고, 기후에 있는 33개 관음 신앙 영장의 총칭이다. 사이고쿠 관음보살상을

순례 참배하면 이승에서 범한 여러 죄가 다 소멸되고 극락왕생할 수 있다

고 한다.

'33'이란 숫자는 관음이 중생을 구제할 때 33개의 모습으로 변한다는

신앙에 유래한다. 지금도 순례하는 사람이 있는데 이들이 사찰 인장이 찍힌

노트를 들고 사찰에서 줄을 서서 기다리는 모습을 볼 때가 종종 있다.

꽃이 예쁜 시기 외에도 내가 추천하고 싶은 하세데라 방문시기는 새

해를 맞이하여 진행되는 '관음만등회觀音萬燈會'라는 행사가 열릴 때이다. 12

월 31일 밤에 등롱, 등명이 불을 밝히면 사찰은 형형색색 불빛으로 장엄

된다. 해를 넘겨 새해가 되기 직전에 법회가 시작되고 관음보살상이 봉안된 정당正堂 앞에 있는 예당禮堂과 예당에 설치되는 무대舞台에서 많은 참배자가 예불하고 새해의 건강과 행복을 기도한다.

일본에서는 매년 새해가 되면 사찰이나 신사에 참배하며 1년의 건강과 행복을 기도하는 습관이 있는데 이것을 '하쓰모데初詣'라고 부른다. 장사가 잘 되기를 바라거나, 좋은 사람을 만나 결혼할 수 있게 되기를, 대학교 합격 등의 소원이 이루어질 것을 신불 앞에서 기도한다. 12월 31일 밤에서 1월 1일 아침까지 전차도 밤을 새워 운행한다. 기회가 되면 이 시기에 맞춰 일본 사찰을 방문하고 하쓰모데를 체험해 볼 것을 권한다.

무로우지

지금까지 소개한 사찰들은 주로 평탄한 곳에 있고 찾아가기가 너무 어려운 사찰이 아니었다. 하지만 무로우지室生寺는 좀 다르다. 기차와 버스를 타고 산을 올라야 만날 수 있는 산사山寺다.

긴테쓰 하세데라역에서 조금 더 동쪽으로 가면 무로우구치오노室生口大野역이다. 거기서 한 시간에 한 번 밖에 없는 버스를 타고 20분 정도 가면 무로우지에 도착한다. 산 속에서 계곡을 따라 가는 버스 차창 풍경을 보면 도시를 떠나 자연 속에 왔다는 느낌이 든다.

무로우지의 '무로우'는 신이 계시는 신성한 곳을 말한다. 이런 신성한 무로우에는 옛날부터 여러 신앙이 있었다. 특히 수원지水源地로서의 수신水神 신앙을 중심으로 무로우는 청우請雨의 영지가 되었다. 이곳에 대륙에서 용龍 신앙이 들어왔다. 무로우에는 화산 활동으로 생긴 동굴이 있는데, 이 동굴이 용왕이 사는 곳이며 용이 비를 비롯한 자연 현상을 일으킨다는 신앙이 전개되었다. 용이 사는 동굴을 '류케쓰龍穴'라고 부르게 되며 수신 신앙이 류케쓰 신앙이 되었다.

8세기 후반 황태자 야마베노山部 천황의 병이 치유되는 것을 기원해 덕이 높은 승려 5명이 무로우 류케쓰에서 기도했더니 황태자가 쾌유했다. 승려의 최고 책임자가 고후쿠지 승려인 겐교賢璟였다. 훗날 황태자는 간무桓武 천황이 되고 겐교로 하여금 국가를 위해 무로우에 사찰을 창건하게 했다. 그런데 창건 계기가 비록 천황의 명령에 의한 것이었지만 겐교는 영지로서의 무로우를 중요하게 여기고 무로우가 산악 수행의 거점이 될 것을 목표로 했었다고 한다.

무로우지 창건은 겐교이고, 조영은 주로 겐교 제자인 슈엔修円이 했다. 무로우지는 이렇게 고후쿠지 승려 두 명이 중심으로 조영된 관계로 고후쿠지 별원別院으로 여겨졌다. 그래서 고후쿠지 승려들의 산악 수행 장소이기도 했다.

뿐만 아니라 법상종, 진언종, 천태종 등 종파를 넘어 이색적인 승려가 잇따라 입산해 무로우에서 수행했다. 헤이안 시대 중기에 들어 무로우지는 고후쿠지 지배를 받으면서도 종교적으로는 진언 밀교화 되었다. 세력이 강한 본사本寺인 고후쿠지는 가마쿠라 시대 후반에서 세력이 약해지고 무로우지에 대한 영향력도 약해졌다. 이에 따라 무로우지는 진언 밀교 사찰로서 면모가 더 강해지게 됐다.

무로우지에 관련된 수식어 중 하나가 '뇨닌 고야女人高野'이다. 이는 진언 밀교 근거지인 고야산에 여성이 들어가는 것을 금지했던 것과 달리 여성을 받아들이는 사찰로서 생긴 표현이다. 이후 20세기 들어 고야산에 여인 금제가 없어진 후에도 뇨닌 고야라는 표현이 계속 사용되고 있다.

가이드북이나 팜플렛에 자주 등장하는 무로우지 사진은 오중탑이다.

무로우지 인왕문 인왕문 앞 비석엔 여성의 참배를 허락하는 '뇨닌 고야'가 적혀 있다.

오중탑에 올라가는 길에는 석단石段과 양쪽의 석남꽃이 조화를 이룬다. 무
로우지 오중탑은 일본에서 가장 작은 오중탑이고 호류지 오중탑 다음으
로 오래된 것이다.

　1998년 태풍으로 큰 피해를 입어 복원 공사를 했는데, 이 과정에서
무로우지 오중탑이 800년 무렵 건립된 것으로 알려졌다. 급한 산세에 따
라 건물이 세워진 무로우지에서는 아래에서 올려다보는지 위에서 내려
다보는가에 따라 오중탑의 모습이 달라진다. 다양한 오중탑 모습을 볼 수
있는 점이 산사 무로우지 답사의 즐거움 중 하나이다.

　가장 위에 위치하는 오쿠노인까지 가려면 가파른 석단을 계속 올라
가야 된다. 그래서 무로우지 답사는 체력이 있어야 가능하다. 무로우지 답
사를 할 수 있다면 당신은 건강하다.

무로우지 금당 9세기 후반에 만들어졌으며, 국보로 지정되어 있다.

무로우지 오중탑　일본에서 가장 작은 오중탑이다.

하세데라와 무로우지 교통 안내

오사카에서 떨어져 있고 교통도 조금 불편하기 때문에 하세데라, 무로우지를 답사하기로 한 날에는 다른 곳을 찾아 가는 일정을 잡지 않는 것이 좋다. 대신에 두 곳에서 느긋하게 지내면 힐링이 될 것이다. 사찰 근처에 식당이 몇 군데 있다. 무로우지 주변에 있는 숙박 시설에서도 숙박을 하지 않아도 식사를 할 수 있다.

하세데라 모란꽃, 무로우지 석남꽃이 피는 시기에 하세데라, 무로우지를 잇는 임시 버스가 운행된다. 소요시간이 약 45분인데 잘 이용하면 더 효율적으로 두 사찰을 답사할 수 있을 것이다.

하세데라(좌)와 무로우지(우) 팜플렛 관음만등회와 관음보살상을 내세우고 있다.

하세데라

관람 시간 (매주 월요일은 휴관)

8:30 ~ 17:00	4 ~ 9월
9:00 ~ 17:00	10 ~ 11월, 3월
9:00 ~ 16:30	12 ~ 2월 (12월 26일 ~ 1월 3일 휴관)

관람료

	성인	초등학생	중학생 / 고등학생
개인	500엔	250엔	500엔
30명 이상의 단체	450엔	200엔	350엔
장애인	200엔 / 장애인 수첩 제시시 동반 1인에 한해 장애인 요금 적용		

무로우지

관람 시간 (매주 월요일은 휴관)

8:30 ~ 17:00	4월 1일 ~ 11월 30일
9:00 ~ 16:00	12월 1일 ~ 3월 31일

관람료

	성인	어린이
개인	600엔	400엔
30명 이상의 단체	500엔	300엔
장애인	200엔 / 장애인 수첩 제시시 동반 1인에 한해 장애인 요금 적용	

※ 모두 2018년 기준

하세데라 가는 길

긴테쓰 오사카 선	하세데라역 하차 → 도보 15분
하세(가나가와)역	도보 6분

무로우지 가는 길

긴테쓰 오사카 선	무로우구치오노역 하차 → 버스 무로우지마에 행

※ 오사카에서 하세데라나 무로우지로 갈 때에는 우에혼마치上本町역 지상에 있는 플랫폼이나 쓰루하시鶴橋역에서 긴테쓰 오사카선을 타면 된다. 도다이지, 고후쿠지 방면으로 가는 긴테쓰 나라선을 타지 않도록 조심하기 바란다.

하세데라와 무로우지 주변 지도

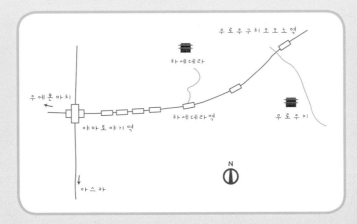

조고손시지朝護孫子寺와 호잔지寶山寺
대대로 백성 사랑 받는 이유 있었네

나라 사찰은 조고손시지朝護孫子寺와 호잔지寶山寺 소개로 마무리하려고 한다. 지금까지 소개한 대부분 사찰은 전국적으로 유명한 곳이다. 그러나 이번에 소개할 사찰은 간사이 지방에서는 유명하지만, 다른 지역에 그다지 알려지지 않은 곳이다.

수도권 출신인 나도 이 사찰은 이름조차 몰랐고, 간사이 지방에 살게 되어서 알게 된 곳이다. 일본에서 좋은 관광 정보는 전철역에 비치된 안내서가 도움이 된다. 나 역시 자주 이용하는데 이런 안내서에 자주 나오는 사찰이 조고손시지와 호잔지였다.

특히 새해를 맞이하여 사찰에 참배하고 1년의 행복을 기원하는 하쓰모데에 많은 사람이 방문할 것 같아 궁금해서 나도 찾아가 보았더니 정말 흥미롭고 재미있는 사찰이었다. 무엇보다 간사이 지방 민중의 사랑을 많이 받고 있는 것이 인상적이었다.

지역민이 자주 찾고 좋아하는 사찰을 통해서 간사이 지방의 역사나 문화를 더 깊이 알 수 있지 않을까 싶어서 소개하기로 했다. 조망이 아주 좋은 것도 한국 독자들에게 추천하고자 하는 이유다.

하쓰모데 기간의 조고손시지 본당 많은 사람들이 방문해 건강과 행복을 기원하고 있다.

조고손시지

　조고손시지朝護孫子寺를 소개하는 팜플렛이나 포스터에 꼭 나오는 사진
이 거대한 호랑이 인형 사진이다. 보통 대개의 경우 호랑이 인형은 사찰
에 없기 때문에 특이한 사찰이란 인상이 있었지만, 내가 범띠라서 그런지
이 사찰의 역사를 알고 싶다는 생각이 강하게 들었다.

　조고손시지는 오래된 역사가 있는 사찰이다. 6세기 후반에 쇼토쿠 태
자가 모노노베씨와 싸움에서 이기고자 발원하고 지금 조고손시지가 있는
산에서 기원했더니 비사문천왕毘沙門天王이 나타나 쇼토쿠 태자에게 이기는

신자가 가져온, 이전에 조고손시지에서 산 호랑이 인형　조고손시지에서는 이런 호랑이 인형을 위해 독경하고 신자의 행복을 기도하는 행사가 있다.

조고손시지의 상징인 호랑이　길이가 약 6미터인 큰 호랑이 인형이 방문객을 맞이한다.

방법을 알려주었다. 덕분에 승리한 쇼토쿠 태자는 여기를 '신信 = 믿을 만한' '귀貴 = 귀한' 산이라고 여기고 시기산信貴山이라는 이름을 지었다. 그리고 스스로 비사문천왕을 제작해 가람을 만들고 비사문천왕을 봉안했다. 비사문천왕이 나타난 날이 마침 인년寅年, 인일寅日, 인시寅時여서 호랑이를 비사문천왕의 사자使者라고 여긴 것이 조고손시지 호랑이의 유래이다. 지금 경내에 설치되어 있는 길이 약 6미터인 큰 호랑이 인형이 조고손시지의 상징이라고 할 수 있다.

조고손시지라는 사찰 이름은 헤이안 시대 때 다이고醍醐 천황에게서 하사 받은 것이다. 다이고 천황이 병에 걸렸을 때 시기산 비사문천왕의 가호를 입어 쾌차하자 이곳을 조정朝廷 안녕, 국토 수호, 자손子孫 장구長久를 기원하는 곳으로 정했다. 조고손시지라는 명칭이 이렇게 탄생했다.

경내 건물이 화재로 몇 번 소실되었고, 메이지 시대에 들어서 폐불훼석으로 큰 타격을 받았지만 스님들의 중창 노력과 신자들의 지지와 후원으로 복원되었다. 20세기 중반에 본당이 소실되었을 때도 신자들의 기부금이 1억 6천만 엔이었다고 한다. 민중의 지지가 조고손시지의 중흥에 큰 힘이 되었다는 것을 알 수 있다. 경내에 탑두塔頭(본사에 속하는 사찰로 본사 경내에 있는 작은 절을 가리킴)가 3개 있는데, 탑두 3개 다 큰 숙방宿坊(참배객을 위한 숙박 시설)을 갖고 있고 신자뿐만 아니라 단체 관광객도 묵을 수 있다. 이런 것도 조고손시지가 민중에게 인기를 끌고 있는 이유 중의 하나라고 할 수 있다.

호잔지 금전운을 가져다준다는 환희천을 모시고 있어 많은 관광객이 호잔지를 찾는다.

호잔지

오사카 난바역에서 도다이지나 고후쿠지가 있는 긴테쓰 나라역 방면에 전차를 타고 갈 때 터널을 통과하고 제일 먼저 도착하는 나라현에 있는 역이 이코마生駒역이다. 호잔지寶山寺에 갈 때는 이코마역에서 내리고 바로 옆에 있는 곳에서 케이블카를 타고 올라가면 된다.

호잔지가 있는 이코마산生駒山은 옛날부터 산악 수행을 하는 장소였다. 에도 시대의 승려 단카이湛海는 17세기 후반에 이코마산에 올라가 수행하고 여기에 사찰을 만들었다. 이것이 호잔지의 시작이다. 호잔지 주요 불상이 본당에 안치되어 있는 부동명왕과 본당 옆에 있는 성천당聖天堂에 안치되어 있는 환희천歡喜天이다. 환희천은 원래 힌두교 악신惡神이었으나 십일면관음보살에 의하여 불교를 수호하는 선신善神이 되었다고 한다.

환희천은 기원하는 사람의 모든 소원을 이루어주는 절대적인 위력을 갖고 있는 신으로 존숭을 받아 왔다. 특히 금전운이나 장사 번창에 효과가 있다고 해서 많은 사람들의 참배지로 번창했다.

특히 에도 시대에는 백성들의 사찰 순례가 유행했다는 배경도 있는 데다가 '천하의 부엌天下の台所' 오사카에서 가까운 호잔지에 오사카 사람이 많이 찾아간 것도 호잔지가 번영한 이유 가운데 하나라고 할 수 있다. 호잔지 참배 길 양쪽에 석주石柱가 줄지어 있고 석주에 기부한 사람의 이름과 금액이 새겨져 있는데 100만 엔, 200만 엔이 드물지 않고 2000만 엔, 5000만 엔, 심지어 1억 엔이라는 금액도 눈에 들어온다. 호잔지 신도의 힘이 얼마나 큰지를 이 숫자가 보여준다.

이코마 지역과 재일교포

이 책에서 소개한 나라의 다른 사찰들에 비해 조고손시지와 호잔지는 민중의 힘이 더 큰 받침이 되어 있다. 대중적 지지를 받고 있는 이코마야마-시기산(이하 이코마) 지역은 종교적으로 어떤 특징이 있을까.

일본에는 입산하여 엄격한 수행을 통해서 깨달음을 얻고자 하는 슈겐도修驗道라는 일본 특유의 신앙이 있다. 슈겐도는 산신이 계시는 곳 혹은 산 자체가 신이라고 여겨 산을 존숭해 온 일본 고래古來의 산악신앙이 불교나 도교 등과 결합된 혼종 종교이다. 이코마는 산도 있거니와 계곡도 많고 수질도 좋아서 폭포 수행을 할 수 있는 곳이 많아 옛날부터 슈겐도 성지였다.

슈겐도를 익히는 자를 슈겐자修驗者 또는 야마부시山伏라고 부르는데 슈겐도의 개조는 전설적인 인물인 엔노교자役行者이다. 호잔지는 옛날에 엔노교자, 진언종의 개조인 구카이空海, 일명 고보대사弘法大師가 수행했다고 전하는 곳이고, 단카이 스님이 이코마에서 수행하고 사찰을 건립한 것도 이런 역사와 관계가 있다고 한다.

또한 이코마는 재일교포가 만든 사찰이 많은 곳이다. 이에 대해『성지재방 히코마의 신聖地再訪 生駒の神』이라는 책과 인터넷 정보를 참고로 하면서 조금 더 소개하고자 한다. 이런 자료에 의하면 이런 사찰이 이코마에 60여 개 있다고 한다. 지금은 20개 정도로 줄었다.

이 사찰 대부분이 1940년대 후반에서 1970년대에 재일교포 1세에 의하여 건립된 것이고, 신자도 재일교포 1세인 여성이 많았다. 도시에 있는 재일교포가 만든 사찰과 달리 이코마산 속에 있는 재일교포 사찰이 규모도 작고 지도에도 표시 안된 사찰이 많아서 찾아가기가 쉽지 않다. 그래도 이런 사

호잔지 가까이에 있는 이와야노타키 다이세이인(岩谷の瀧大聖院) 이코마에서 폭포 수행을 하는 사람이 줄고 있지만 여기는 폭포 수행 장소로 여전히 인기를 끌고 있다.

찰이 어떤 모습인지 궁금해서 책에 있는 지도를 보면서 찾아갔다.

내가 답사한 코스는 이코마산 서쪽 즉 오사카 쪽이다. 긴테쓰 이시키리石切역에서 주택가에 있는 가파른 비탈길을 계속 올라갔다. 여기는 길가에 작은 석불이 많아서 인상적이다. 주택이 점점 없어졌다. 지도에는 재일교포 사찰의 표시가 있는데 못 찾았다. "폐사가 된 사찰도 많아지고 있다고 하니까 없어진 건가?"라고 생각하면서 올라가니 한국어 발음 로마자로 절 이름을 표시한 사찰을 하나 찾았다. 그런데 사찰이라기보다 오래된 집 같은 건물이었다. 사람이 없어서 지금도 운영하고 있는지 잘 모른다.

재일교포 사찰이 몇몇 있다고 하는 또 다른 길도 걸어봤다. 사찰 안내판이 있어서 재일교포 사찰이라는 사실을 쉽게 알 수 있었지만 건물이 낡은데다가 사람도 없어서 이미 폐사된 곳이었다. 책에 의하면 이전엔 많은 신자가 모였다고 한다. 재일교포도 세대가 바뀌면서 종교적인 사정도 많이 달라졌다는 것을 느꼈다.

이코마산 속에 있는 좁은 길에서 폐사된 사찰도 몇 개 확인했고 여전히 운영하고 있는 작은 사찰도 보았다. 옛날처럼 많은 사람이 이렇게 좁은 길에 있는 소규모의 사찰을 찾아가지 않는다는 것을 느꼈다. 동시에 답사를 통해서 이코마가 옛날부터 종교적으로 중요한 곳이라는 사실과 호잔지처럼 민중의 지지를 많이 받고 있는 사찰이 이코마에 있는 이유도 알았다.

이코마 내 사찰 대한불교 관음사란 표지판이 눈에 띈다.

레이호칸(영보관)

관람 시간 9:00 ～ 17:00(입관은 16:30까지)
관람료

	성인	초등학생 / 중학생
개인	300엔	200엔
15명 이상의 단체	200엔	100엔

조고손시지에서는 숙방도 제공하고 있는데, 신자뿐만 아니라 관광객들도 묵을 수가 있다. 조후쿠인, 센주인, 교쿠조인 세 개의 숙방이 있다.

조후쿠인成福院 0745-72-2581
센주인千手院 0745-72-4481
교쿠조인玉藏院 0745-72-2881

1박 2식 : 8,400엔부터
점심, 저녁 식사 : 3,150엔부터
※숙소에 따라 금액이 다를 수 있다.

호잔지

관람 시간 경내개방
관람료 무료
※ 관람료는 경내에 있는 일부 건물을 특별공개하는 기간에 받는다.

호잔지는 긴테쓰 이코마역에서 하차 후, 도리이마에역에서 케이블카를 타고 올라갈 수 있다.
케이블카는 간사이쓰루패스가 있으면 탑승 가능하다.
따로 구입시 성인 360엔, 어린이 180엔(편도)이며 유원지가 있는 이코마산조역까지 사용 가능하다.

조고손시지 가는 길

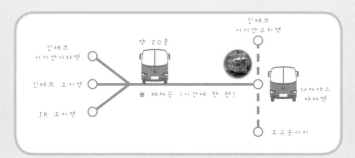

호잔지 가는 길

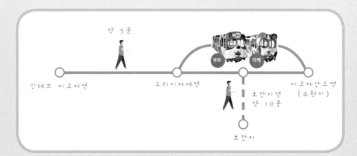

조고손시지와 호잔지 주변 지도

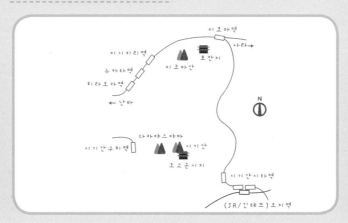

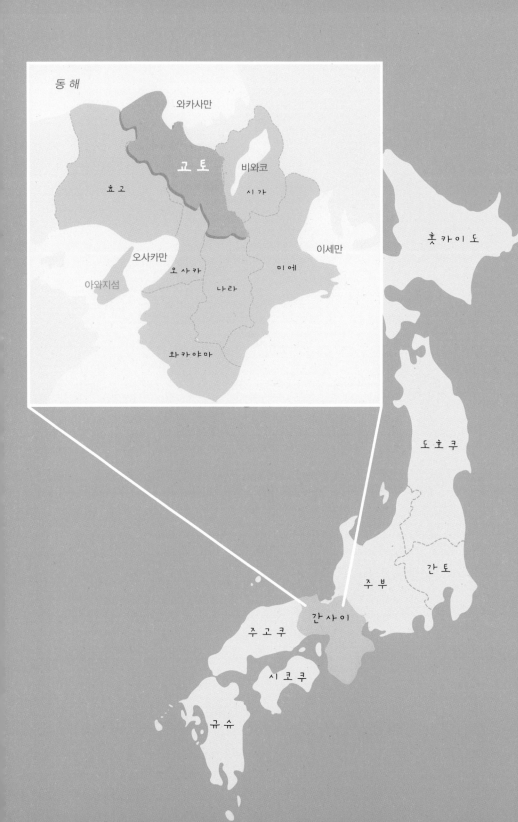

교토 지역
京都

고류지|廣隆寺와 닌나지|仁和寺 | 도지|東寺 | 기요미즈데라|淸水寺 | 뵤도인|平等院 |

고잔지|高山寺 | 도후쿠지|東福寺 | 덴류지|天龍寺 | 킨카쿠지|金閣寺와 료안지|龍安寺 |

긴카쿠지|銀閣寺와 난젠지|南禪寺 | 조루리지|淨瑠璃寺와 간센지|岩船寺

사색의 불상佛像에서 한·일 교류사를 만나다

고류지

교토는 나라보다 더 늦은 시기에 창건된 절이 많지만 고류지廣隆寺는 603
년에 건립된 사찰로 교토에서 가장 오래된 절이다. 또 쇼토쿠 태자가 건
립한 호류지, 주구지 등 일본日本 7대사大寺의 하나이다. 원래 명칭이 하치오
카데라蜂岡寺, 하타노키미데라秦公寺 등 몇 개 있었지만 오늘날은 고류지라는
이름으로 널리 알려져 있다. 『일본서기』에 의하면 도래인 하타노 가와카
쓰秦河勝가 쇼토쿠 태자한테 불상을 하사받고 이 불상을 본존으로 모실 사
찰을 건립한 것이 고류지의 시작이라고 한다.

　창건 당시는 규모가 큰 사찰이었으나 화재나 전란 등 어려움을 겪어
서인지 지금은 창건 당시보다 작아졌다. 현재 고류지는 주택가로 둘러싸
여 있고 입구인 남대문 바로 앞에는 참배길이 아니라 자동차나 노면전차
가 왕래하는 큰 길이 있다. 게다가 경내도 넓지 않아서 옛날 호장한 사찰
모습을 찾아보기가 어렵다.

　그래도 내가 고류지를 교토 지역 사찰 중 가장 먼저 소개하는 이유는
단순히 가장 오래된 사찰이여서가 아니다. 도래인 하타씨와 연관 있는 사
찰이고 일본 불상 가운데 한국인들에게 가장 친근한 느낌이 드는 미륵보
살반가사유상이 봉안되어 있기 때문이다.

고류지 남대문 주택가에 위치하고 있어 남대문 바로 앞엔 전차와 자동차가 다니고 있다.

　　남대문에서 들어가면 가장 뒤쪽에 신레이호덴新靈寶殿이라는 건물이 있고 아스카 시대 미륵보살반가사유상을 비롯한 나라 시대, 헤이안 시대, 가마쿠라 시대의 불상이 상설전시로 공개되어 있다. 고류지 팜플렛에 의하면 신레이호덴에는 국보 20점, 중요문화재 48점이 소장되어 있다고 한다. 국보로 지정된 목조미륵보살반가사유상 두 분도 안치되어 있다. 한 분은 보관寶冠미륵, 또 한 분은 얼굴이 우는 것처럼 보여서 '우는 미륵'이라고 부르기도 한다.

　　보관미륵의 아름답고 이지적인 얼굴, 깊이 사색하는 사유의 자세, 일본 뿐만 아니라 세계적으로도 유명한 불상이다. 어디서 제작되었는지 정

신레이호덴 목조미륵보살반가상이 안치되어 있다.

확히 알 수는 없지만 신라에서 전해진 것 아니면 일본에서 도래불사가 제
작한 것으로 추정된다.

　　보관미륵은 일본에 있는 불상 가운데 특히 좋아하는 불상이다. 사랑
스럽고 청년처럼 젊어보이고 너무 인간적이다. 신레이호덴에 가서 보관
미륵을 만나면 영원히 앞에 서있고 싶다는 생각도 든다. 서울에 거주했을
때 국립중앙박물관에서 반가사유상을 만나는 것 또한 한국 생활 가운데
가장 큰 기쁨이었다. 국립중앙박물관과 고류지의 반가사유상이 옛날의
한반도와 일본의 깊은 관계를 현대의 우리에게 아름다운 모습으로 조용
히 알려주는 것 같다.

신레이호덴에는 또 한일 간의 깊은 관계를 알려주는 도래인 하타노 가와카쓰 부부의 조각상이 안치되어 있다. 여기서 도래인 하타씨에 대하여 알아보고자 한다. 고류지나 아라시야마嵐山는 교토시 우쿄구右京區에 위치한다. 우쿄는 원래 가쓰라가와桂川강의 범람이 많은 지역이었다.

여기에 하타씨가 집단으로 도래했고 최신기술을 구사해 강에 제방을 쌓아 농지화했기 때문에 우쿄는 비옥한 땅이 되었다. 하타씨는 농사, 제방 외에도 양조, 양잠, 베짜기 등 신기술을 일본에 전했으며 일본 고대 사회가 발달하는데 큰 역할을 했다. 하타씨를 '하타'라고 발음하는 유래에 대해서는 여러 설이 있다.

고故 우에다 마사아키上田正昭의 『도래고대사渡來の古代史』에 의하면 하타씨 가운데 베짜기를 맡아서 한 사람이 있기 때문에 기직機織의 일본 발음인 '하타오리'의 하타에서 유래했다고 하는 주장도 있고, 비단을 산스크리트어로 '하타'라고 했다

아라시야마에 있는 도쇼 스님 기념비
화재로 소실된 고류지를 재건한 도쇼 스님이
제방을 개축한 공을 기념한 석비이다.

는 것에서 기인한다고도 한다. 또 도래인이 바다를 건너왔기 때문에 한국어 '바다'가 '하타'가 되었다라는 주장도 있다. 경상북도에 있는 옛날 지명인 '파단波旦'이 일본에서 '하타'가 되었다는 주장도 있다. 저자 우에다 교

수는 이 주장에 동의한다.

818년 고류지는 화재로 소실되었다. 그때 고류지를 재건한 사람도 역시 하타씨 출신인 도쇼道昌 스님이었다. 도쇼 스님이 강에 다리를 놓거나 홍수대책으로 제방을 개축하거나 민중의 생활을 향상시키는데 큰 역할을 했으며 이를 두고 사람들은 교키 스님의 재래(환생)라고 칭찬했다. 아라시야마에 도쇼 스님의 공을 기념한 석비가 있다. 또 고류지 신레이호덴에는 도쇼 스님이 제작했다고 전하는 허공장보살좌상이 봉안되어 있다.

닌나지

고류지에서 가까운 위치에 닌나지仁和寺라는 우아한 사찰이 있다. 고류지와 창건 시기도, 사찰 특색도 다르지만 고류지에 이어 소개한다. 고류지에서 닌나지에 가려면 우즈마사 고류지역에서 노면전차를 타고 가타비라노쓰지역에서 기타노하쿠바이초北野白梅町행으로 갈아타야 한다. 오무로닌나지御室仁和寺역에서 내리면 북쪽 방향으로 닌나지의 훌륭한 문이 보인다.

닌나지가 위치한 이곳은 헤이안 시대 초기부터 경승지景勝地로 알려져 있고 많은 귀족이 별장을 지었다고 한다. 여기에 886년 고코光孝 천황이 사찰을 발원했다. 그러나 이듬해 고코 천황이 세상을 떠나자 천황의 아들인 우다宇多 천황이 아버지의 유지를 받들어서 888년 사찰을 개창했다. 당시의 연호인 '닌나仁和'가 닌나지라는 사찰 이름으로 붙여진 이유다.

우다 천황이 897년 31세때 왕위를 아들에게 양위하고 899년에는 출가해서 법황法皇이 되었고 904년 닌나지에 어실御室을 만들었다. 여기의 법황이란 출가한 태상황을 가리키는 말이다. 법황이 거주하는 곳을 오무로御室라고 부르는데 '닌나지에 있는 오무로'가 '오무로가 있는 닌나지'가 되어

닌나지 금당 본존 아미타여래가 안치되어 있고 평소엔 출입이 불가하다.

이후로는 '오무로'가 닌나지 일대의 지명이 되었다.

닌나지는 대표적인 몬제키門跡 사원으로 알려져 있다. 몬제키란 황실이나 귀족이 대대로 주지를 맡아오는 사찰 또는 이런 주지를 가리키는 말이고 우다 천황이 출가해서 닌나지 주지인 오무로 몬제키가 된 것이 몬제키의 시작이다. 닌나지는 19세기 후반까지 황실이나 귀족의 자손들이 주지를 맡아서 이어져 온 격식이 높은 사찰이다. 황실과의 관계 또한 깊다.

헤이안 시대 후기에는 닌나지 본사를 중심으로 주변엔 닌나지 말사나 황실이 발원한 사찰이 잇따라 건립되어 오무로 일대는 크고 작은 사찰이 많은 지역이 되었다. 12세기 초에 위용을 자랑하던 닌나지 가람이 화

닌나지 오중탑 1644년 경 재건되었고 높이는 약 36미터에 이른다.

재로 큰 피해를 입었지만 재건되었고, 주변 말사 가운데 사라진 곳도 있었지만 닌나지는 전체적으로 융성했다.

그러나 지금은 번성했던 닌나지 당시의 모습을 찾아보기 어렵다. 무로마치 시대 후기인 1467년에 전국의 슈고다이묘守護大名가 동군, 서군으로 나뉘어 싸우는 오닌의 난應仁の亂(오닌노란)이라는 큰 전란이 벌어졌다. 슈고다이묘란 원래 가마쿠라 시대 때 바쿠후幕府 무가정권의 정청政廳이 지방마다 배치한 군사, 경찰을 담당하는 슈고守護가 무로마치 시대에 들어 권력을 확장한 결과 영주화된 것을 가리킨다.

오닌의 난은 병사 약 27만 명이 교토에서 약 11년에 걸쳐 치열하게 싸운 일본 역사상 최대급 전란이었다. 닌나지에 진지가 있던 서군을 향해 동군이 쳐들어오고 그로 인해 닌나지는 오무로를 비롯한 당탑이 다 타버리고 온통 잿더미로 변했다.

닌나지 재건이 시작된 것은 에도 시대에 들어서부터다. 17세기 에도 막부 3대 장군인 도쿠가와 이에미쓰德川家光가 닌나지 재건을 위해 지원했다. 당시 개축하고 있었던 교토 고쇼京都 御所에서 기존 건물을 하사받고 닌나지로 옮겼다.

현재 닌나지 금당이 고쇼 시신덴紫宸殿을 옮겨 놓은 것인데 당시의 궁전건축의 특징을 보여주는 건물로 정말 귀중하다. 금당뿐만 아니라 닌나지는 전체적으로 우아하고 일본미를 느낄 수 있는 분위기를 갖고 있는데 역사적으로 황실과의 깊은 관계가 있는 것이 그 연유라고 할 수 있다. 평소 닌나지의 금당에는 못들어가지만 교토문화재 특별공개 기간 중에 공개할 때가 있다.

닌나지 입구인 니오몬二王門으로 들어가면 바로 왼쪽에 보이는 곳이 고텐御殿이다. 고텐은 역대 몬제키가 거주했던 곳이며 고텐을 관람하면 일본

오무로자쿠라 닌나지의 유명한 오무로자쿠라는 개화시기가 늦어 봄의 마지막을 장식한다.

황실의 품격을 바로 느낄 수 있다. 고텐에 있는 신덴宸殿은 에도 시대 고쇼에서 하사받은 건물을 옮긴 것이나 19세기 말에 화재로 소실되었고 20세기 초 재건한 것이다.

　고텐에는 신덴 외에도 건물이 몇 개 더 있는데 회랑으로 연결되어 있다. 회랑을 따라 걸으면 마치 궁전에 들어와있는 느낌이 든다. 교토에서 아름다운 정원을 갖고 있는 사찰이 많지만 이렇게 황실궁전의 우아함을 느낄 수 있는 사찰은 드물다. 오중탑을 차경으로 한 고텐정원도 정말 예쁘다.

　마지막으로 닌나지 대명사처럼 유명한 오무로자쿠라御室櫻 소개를 하지 않으면 닌나지를 소개했다고 할 수 없다. 오무로자쿠라는 키가 아주 작으면서 보통의 벚꽃보다 꽃잎이 살짝 크지만 개화는 교토에서 가장 늦다. 오무로자쿠라의 개화 절정기에는 오중탑이 마치 벚꽃 구름 위에 떠있는 듯한 모습으로 정말 아름답고 환상적이다. 오무로자쿠라가 만개한 시기에 맞춰서 닌나지를 방문하면 교토의 우아함을 제대로 만끽할 수 있을 것이다.

고류지와 닌나지 주변 볼거리

고류지, 닌나지 주변에는 킨카쿠지 金閣寺, 료안지龍安寺를 비롯해 볼거리가 많다. 아라시야마도 가까워 이 지역에서 하루 종일 마음껏 즐길 수 있다. 고류지 북쪽엔 도에이 우즈마사 영화촌東映太秦映畵村이라는 테마파크가 있다.

영화촌에는 영화사 촬영소의 대하사극 세트장이 공개되어 있고 에도시대 거리풍경을 체험할 수 있다. 영화나 드라마를 촬영하는 현장을 직접 볼 수도 있고 대하사극 의장을 입어볼 수 있는 체험 등 기획이 풍부하다.

이 지역의 교통수단은 노면전차이다. 버스를 타고 이동할 수도 있지만 킨카쿠지나 료안지를 경유해서 닌나지에 오는 버스는 이용승객이 많아서 불편할 수 있다.

우즈마사 영화촌

관람 시간 영업 종료 60분 전부터는 입장 불가

9:00 ~ 17:00	3 ~ 7월, 9월의 평일 10 ~ 11월 매일
9:00 ~ 18:00	3 ~ 7월, 9월의 토요일, 일요일 및 휴일, 8월의 매일
8:30 ~ 20:00	5월 3일 ~ 5월 5일
9:30 ~ 16:30	12 ~ 2월의 평일
9:30 ~ 17:00	12 ~ 2월의 토요일, 일요일 및 휴일

관람료

평일, 주말 및 휴일	성인	중학생 / 고등학생	만 3세부터 초등학생까지
개인	2,200엔	1,300엔	1,100엔
25명 이상의 단체	1,980엔	1,170엔	990엔
장애인	1,100엔	650엔	550엔
학교 단체(단체 투어 가능)	-	1,040엔	880엔

※ 모두 2018년 기준

우즈마사 영화촌 가는 길

교토 버스	72, 73, 74, 75, 76, 85번	JR 교토역 → 우즈마사 코류지 마에
	81, 86번	JR 교토역 → 토키와 나카노쵸
	62, 63, 64, 65, 66, 67번	산조 케이한 → 우즈마사 에이가무라 마에
시 버스	75번	JR 교토역 → 우즈마사 에이가무라 미치
	11번	산조 케이한 → 우즈마사 코류지 마에
JR 선	사가노 선	교토역 → 우즈마사역 또는 하나조노역
란덴 전철	아라시야마 선	시조 오미야역 → 우즈마사 고류지역
	키타노 선	기타노 하쿠바이 쵸역 → 사츠에이쇼 마에역
지하철	토자이 선	로쿠지조역 → 우즈마사 텐진가와역

고류지와 닌나지 주변 지도

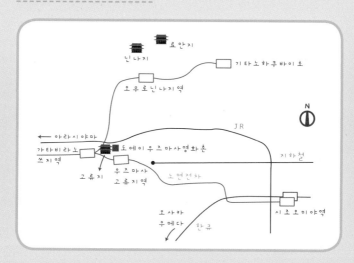

일본 진언종의 성쇠 간직한 고찰古刹

교토에는 기요미즈데라清水寺, 킨카쿠지金閣寺 등 세계적으로 유명한 사찰이 많지만, 교토의 상징으로 사진이 자주 나오는 풍경이 도지 오중탑의 아름다운 모습이다. 전차나 버스를 타고 차창 밖으로 오중탑이 보이면 교토에 왔다는 느낌이 든다.

도지 창건에 대해서는 수도를 나라 헤이조쿄에서 교토로 천도한 역사적인 배경부터 봐야 한다. 781년에 즉위한 간무 천황은 784년에 수도를 현재 교토부 서쪽에 위치하는 나가오카쿄長岡京로, 794년엔 헤이안쿄平安京로 천도하였다.

헤이안쿄는 당나라 수도인 국제도시 장안長安(현재 서안)을 모델로 만들어졌다. 남북 약 5.2킬로미터, 동서 약 4.5킬로미터이며, 남북대로南北大路와 동서대로東西大路가 마치 바둑판처럼 정연히 만들어졌다. 또 도성의 남대문인 라조몬羅城門을 중심으로 양쪽에 거대한 호국의 역할을 하는 관사인 도지東寺와 사이지西寺가 창건되었다. 천도 당초에 도성 안에 있는 관사는 도지, 사이지 뿐이고 다른 사찰은 건립이 되지 못했다. 아마도 권력이 있는 나라 지역 사찰의 진출을 막으려고 한 것이다.

이렇게 창건된 도지였지만 가람 건립이 순조롭게 진행되지 않았다. 도지가 본격적으로 활동을 시작한 것은 823년에 구카이 대사가 간무 천황의 아들인 사가嵯峨 천황에게 도지를 하사받았을 때부터이다.

도지 오중탑 일본 최고의 높이인 55미터에 달하며 내부는 특별공개시에만 관람 가능하다.

　　진언종의 개조이고 문학, 서예, 교육, 건축, 관개용수, 의약 등 다양한
분야에서 활약한 구카이는 774년에 현재 우동으로 유명한 시코쿠四國 가
가와현香川縣에서 태어났다. 18세 때 관료 양성 기관에서 공부하다가 도중
에서 그만두고, 804년에 당나라 유학을 할 때까지 상세한 활동이 알려지
지 않았다.

다만 젊었을 때부터 여기저기서 산악 수행을 쌓고 나라에서 불교에 대해서 공부를 했던 것이 구카이가 도지를 하사받고 입적할 때까지 다양한 활동을 하는데 큰 받침이 된 거라고 생각된다. 출가는 20세 때 민간에서 했으나 국가가 인정한 것이 아니어서 당나라 유학 직전에 도다이지에서 수계를 받고 정식적인 승려가 되었다.

804년에 구카이는 견당사遣唐使를 따라서 당나라에 갔다. 구카이가 탄 배는 폭풍을 맞아 표류했기 때문에 원래 상륙하려고 했던 영파寧波가 아니라 복주福州에 표착했다. 그러나 상륙 예정지가 아니어서 상륙 허가를 받지 못했다. 그때 구카이가 대사를 대신하여 사정을 쓴 훌륭한 내용의 탄원서를 만들어서 상륙 허가를 받았다. 동년 12월에 장안에 도착했고 다음 해에는 청룡사青龍寺의 밀교 스승인 혜과惠果를 만나 제자가 되었다. 밀교는 중국을 통해서 구카이가 태어나기 전에 이미 일본으로 경전도 전래되었고 밀교를 신앙으로 받아들였다. 구카이도 일본에서 밀교 경전을 접하고 밀교를 더 깊이 알고 싶다는 생각이 들어 당나라 유학을 결정했다고도 추측된다.

혜과는 구카이에게 밀교를 가르치고 구카이를 수계자로 삼아 경전, 만다라, 밀교 법구法具 등 의발을 전했다. 구카이를 만난지 6개월 후 혜과는 입적했다. 구카이는 806년에 귀국했다. 당시 유학승의 유학 기간은 20년에 이르는 장기 유학이었지만 구카이는 단 2년 밖에 유학하지 않았다.

하지만 구카이가 당나라에서 배운 내용이 깊고 혜과에게 물려받은 밀교 자료는 풍부하고 화려한 것이었다. 구카이는 당나라에서 가져온 이런 서적이나 밀교 법구 등을 기록한 『고쇼라이모쿠로쿠御請來目錄』를 조정에 제출했다. 사가 천황이 즉위한 809년에 구카이는 교토 북쪽에 위치하는 산사 다카오산지高雄山寺(현재 진고지(神護寺))에서 포교 활동을 시작했다. 짧은 기간에 귀국한 것이 본래는 죄가 되는 일이고 다시 교토에 들어가는 것이

어려운 일이었다.

입경入京 허가가 내린 확실한 이유는 알려지지 않지만『고쇼라이모쿠로쿠』의 깊고 풍부한 내용으로 나타난 구카이의 위대함이 조정이나 불교 관계자에 영향을 주었다고 생각된다. 816년엔 호국을 기원하는 곳, 수행을 하는 도량으로 와카야마현和歌山縣 고야산高野山을 조정에게 하사받았다. 구카이의 활동이 더 바빠졌다. 고야산 건설 뿐만 아니라 책도 잇달아 지어내고 고향 가가와현에서는 당나라에서 배운 최신 토목 공사 기술을 구사해 토목 공사를 지도하기도 했다.

823년에 구카이는 사가 천황에게 도지를 하사받았다. 관사로 시작한 도지는 관사로서의 성격을 유지하면서도 진언종 중심 사찰로서 새로운 길을 걷기 시작했다. 도지의 정식 명칭도 교오고코쿠지教王護國寺가 되었다. 이것이 호국의 뜻인 동시에 밀교 경전인 교왕경教王經에 유래되어 도지가 진언 밀교 도량인 뜻도 있다.

조정이 도지 건립을 구카이에게 맡기면서 50명의 진언승眞言僧을 도지에 상주시키고 다른 종파의 스님이 들어가지 못하게 했다. 이것이 다른 종파를 부정하는 게 아니라 밀교를 더 올바르고 더 깊이 이해하려면 이렇게 할 필요가 있다는 구카이의 생각에 의해서였다.

현재 일본에서 사찰마다 종파가 정돈되어 있지만 당시 일본 불교는 교학의 성격이 강하고 나라 지역 사찰에서는 종파를 넘어 스님들이 함께 거주하고 학문을 닦는 상황이어서 도지가 순수한 진언 밀교 사찰이 된 것이 획기적인 일이었다.

825년엔 강당講堂 건설에 착수했다. 강당 안에는 밀교 경전에 의거한 구카이의 독자적인 사상을 표현한 21구의 불상으로 구성된 입체 만다라가 있고 안에 들어가면 압도당한다. 중앙에는 대일여래를 중심으로 불상

도지 강당 도지 경내 중앙에 위치해 있다.

이 5구가 있고, 그 왼쪽에는 보살 5구, 오른쪽에는 부동명왕不動明王을 중심
으로 5대명왕이 있다. 주요한 15구 불상 주변엔 범천梵天과 제석천帝釋天 그
리고 사천왕四天王이 배치되어 있다.

20대에 처음으로 도지에 갔을 당시 교토를 대표하는 오중탑 밖에 모르
는 상태여서 강당에 들어갔을 때, 충격을 받았다. 21구 가운데 6구가 15세
기 후반에 소실돼 다시 제작한 것이고 나머지 15구가 헤이안 시대에 제작한
것이다. 다시 제작한 6구 가운데 5구가 중요문화재로 지정되었으며, 나머지
불상 16구는 모두 국보로 지정되었다. 특히 제석천이 '꽃미남'으로 유명하
고 인기가 있다. 강당 입체 만다라는 도지 순례의 하이라이트다.

826년에 구카이는 오중탑 건립에 착수했다. 원래 나라 야쿠시지 동서
양탑처럼 탑을 2개 건립할 계획이었는데 구카이는 진언 밀교 사상에 의
하여 그 계획을 바꾸었다. 동쪽에는 큰 탑을 하나만 세우고, 서쪽에는 인

간이 대일여래가 될 의식 즉 현세에 있는 육신 그대로 곧 부처가 되는 즉 시성불卽身成佛 의식을 하는 곳인 간조인灌頂院을 건립하려고 했다. 오중탑, 간조인 모두 구카이가 자신의 눈으로 완성한 모습을 볼 수는 없었지만 9세기 후반에 오중탑이 완성되어 창건 당시에 계획된 도지 가람이 다 완성되었다.

지금 도지에서 여러 행사가 열리는 가운데 1월 8일에서 14일까지 진행되는 고시치니치미시호後七日御修法라는 천하태평, 오곡풍요 등을 기원하는 중요한 행사가 있다. 이것이 원래 당나라 궁중에서 진행했던 밀교 의식을 일본에서도 실천하려고 구카이가 소원을 상소해 조정에게 허락을 받아 실현된 것이 시작이다. 835년 1월 구카이는 새로 세워진 규추신곤인宮中眞言院에서 의식을 행했다. 이 행사는 메이지 시대 초기까지 궁중에서 진행되어 왔고 메이지 시대 때 일시 중단했지만 지금도 간조인에서 계속되는 천년이 넘은 역사가 있는 행사다.

현재 도지에는 창건 당시에 세워진 당탑堂塔이 없고 후세에 재건된 것이다. 구카이가 세상을 떠난 이후 도지는 어려운 시기도 있었지만 재건된 당탑이 창건 당시의 위치나 규모를 전하고 있어 헤이안 시대에 건립된 도지를 그대로 알 수 있다.

그런데 헤이안 시대에 도지와 함께 관사로 시작한 사이지가 일반 교토 답사 가이드북에도 등장하지 않아 어떻게 되었는지 궁금하다. 사이지는 13세기에 화재로 소실되었고 이후 재건되지 않았다. 모순되는 것 같지만 아마 사이지가 관사로 남았던 것이 멸망의 원인이라고 생각된다.

9세기 후반에는 국가 재정이 악화해지고 이에 따라 관사도 쇠퇴했다. 살아남은 것은 힘이 있는 종파에 속하는 사찰들이었다. 도지가 구카이로 인해 진언종 사찰이 되고 현재까지 이어지고 있는 것도 이런 이유 때문이다.

도지 답사 안내

가장 가까운 역이 '긴테쓰 도지'역이다. JR교토역에서도 멀지 않아 걸어갈 수 있다. 강당 북쪽에 있는 입구에서 입장료를 지불하고 들어가면 금당, 강당을 배관할 수 있고 벚꽃을 비롯한 예쁜 꽃이 피는 정원도 즐길 수 있다. 오중탑은 높이 약 54.8미터로, 일본에서 가장 높은 오중탑이다. 4번 소실되었고 현재 오중탑은 17세기에 재건된 것이다.

매월 21일에 열리는 벼룩시장 고보상弘法さん도 재미있다. '고보'는 구카이의 시호이다. 사찰에서 열리는 벼룩시장 중에서도 고보상이 규모가 크고 종류도 식품, 도자기, 골동품, 잡화, 옷 등 다양하다. 특히 12월 21일에 열리는 시마이고보終い弘法는 연말 풍물로 알려져 있고 많은 사람이 찾아간다.

도지 금당, 강당

관람 시간 8:00 ~ 17:00(입관은 16:30까지)
※ 보물관 특별공개시기 : 3월 20일 ~ 5월 25일, 9월 20일 ~ 11월 25일
　　　　　　　　　 관람 시간 9:00 ~ 17:00(입관은 16:30까지)
관람료 (유아는 무료)

일반 입장권	성인	고등학생	초등학생 / 중학생
개인	500엔	400엔	300엔
30명 이상의 단체	350엔	280엔	200엔

※ 이외에도 다양한 입장권을 판매하고 있으므로, 상황에 맞게 구입하는 게 좋다. (2018년 기준)

오중탑은 평소에 외관만 구경할 수 있지만 특별공개시기에 가면 내부에 들어갈 수 있다(유료). 특별 공개를 하는 보물관에는 불상, 구카이가 당나라에서 가져온 밀교 법구 등을 볼 수 있다(유료).

도지 가는 길

긴테쓰선 도지역	도보 약 10분
JR 교토역 하치조구치	도보 약 15분

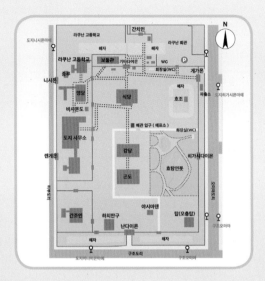

도지 주변 지도

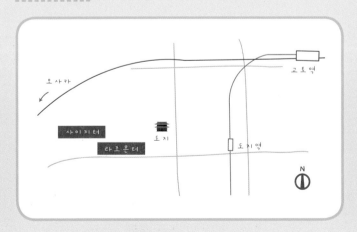

백성의 힘으로 지켜진 간사이 대표 고찰

교토 히가시야마東山 36봉 중 하나인 기요미즈산淸水山 서쪽 중턱에 있는 기요미즈데라淸水寺는 정말 매력적이면서도 아름다운 곳이다. 기요미즈데라로 가는 길에 즐비하게 늘어선 도자기나 잡화, 과자 등을 파는 아기자기한 가게를 구경하며 걸어서 올라가는 것도 재미있다. 이는 기요미즈데라를 찾는 즐거운 요소 가운데 하나를 차지한다.

계절마다 아름다운 모습을 보여주는 기요미즈데라는 특히 벚꽃이 피는 봄과 단풍 절정기인 가을에는 엄청나게 많은 사람이 찾아온다. 봄과 가을에 몰려드는 인파를 피하기 위해 나는 여름이나 겨울에 한적한 기요미즈데라를 그리며 자주 가봤다. 그런데 요즘 기요미즈데라는 계절도 뛰어넘어서 평일, 휴일도 상관없이 붐비는 곳이 되었다.

근래에는 외국인 관광객들의 인기몰이로 교토의 필수 관광코스가 된 덕분이다. 기요미즈데라에서 일본 전통 옷인 기모노를 입고 기념사진을 찍는 외국인이 일본 사람보다 더 많은 것 같다.

기요미즈데라 창건 이야기는 나라 시대 후반 나라 고후쿠지 스님이었던 겐신賢心(엔친으로 개명)부터 시작된다. 겐신이 아스카에 있는 고지마데라小島寺의 스님이 되어서 학문과 수행을 닦았다. 778년 부처님 오신 날인 4월 8일, 꿈에 노인이 나타나 "나라를 떠나 북쪽으로 가라"고 말했다.

꿈의 계시를 따라 북쪽으로 가봤더니 요도가와淀川에서 신기한 금색

물의 흐름을 발견했다. 금색 물의 수원을 찾아가기 위해서 더 앞으로 나아가봤다. 기요미즈야마 오토와노타키音羽の滝 폭포에 도착했다. 폭포 상류에 낡은 암자가 있고 거사가 있었다. 거사가 겐신에게 말했다. "나는 동국東國에 수행을 하러 간다. 당신이 기요미즈야마의 나무로 천수관음상千手觀音像을 새기고 여기서 사찰을 건립해 안치하라"고 말한 뒤 거사는 홀연히 동쪽으로 가버렸다.

겐신은 거사가 관음의 화신이라고 믿고 그를 찾았지만 아무리 찾아도 거사의 흔적을 발견할 수 없었다. 겐신이 거사의 말을 따라서 암자에 거주하여 관음상을 새기고 암자의 작은 법당에 봉안했다. 그러나 훌륭한 사찰을 건립하는 것이 겐신 한 사람의 힘으로 실현되는 일이 아니어서 어떻게 해야 할지 잘 몰랐다.

이런 상황에 등장한 사람이 도래인의 후손인 다이나곤大納言 사카노우에 다무라마로坂上田村麻呂였다. 다이나곤이란 국정을 총괄하는 기관에 있는 관직의 하나이다. 다무라마로는 임신한 아내에게 몸에 좋은 것을 먹이려고 기요미즈야마에 들어와 사슴을 사냥했다. 목이 말라 물을 마시려고 샘물을 찾아봤더니 오토와노타키 폭포를 찾았고 거기서 겐신을 만났다. 겐신에게 관음의 불살행不殺生과 대비大悲의 마음에 대한 이야기를 들은 다무라마로는 큰 감동을 받아서 둘이 힘을 합쳐 함께 사찰을 건립하기로 약속했다.

다무라마로가 집에 돌아와 아내에게 이 이야기를 들려주었더니 아내는 자신의 건강을 유지하려고 사슴을 살해한 죄를 참회하기 위해 사가를 제공해 겐신이 제작한 관음상을 안치할 수 있는 사찰을 세우자고 했다. 780년에 기요미즈데라는 이렇게 사카노우에 가문의 사찰로 시작했다.

기요미즈데라 인왕문 교토의 필수 관광코스가 되어 많은 관광객이 찾고 있다.

　　8세기 후반에 이렇게 창건된 기요미즈데라였지만 본존을 안치한 본
당도 좁고 작은 가문사찰에 불과했다. 805년 다무라마로가 조정으로부터
사찰 부지를 하사받고 간무 천황의 고간지御願寺(황실의 발원으로 건립된 사찰)로 지
정되었을 때부터 본격적인 사찰이 되었다. 810년에는 호국의 도량으로 지

정되었다. 천황의 고간지, 호국의 역할을 하는 사찰로 시작한 기요미즈데

라는 나라 고후쿠지 말사가 되었다. 당시 교토 불교에서 큰 힘이 있는 사

찰이 히에이산比叡山 엔랴쿠지延曆寺였다.

　헤이안 시대 후반부터 고후쿠지와 엔랴쿠지는 종교적인 이유뿐만 아

기요미즈데라 무대 이곳에서 뛰어내려 살아남으면 소원이 이루어진다는 믿음 때문에 뛰어내린 사람들이 꽤 있다
고 한다.

오토와노타키 장수, 학업, 연애가 이루어지는 효력이 있다고 전해진다.

니라 정치적, 경제적으로도 기요미즈데라의 지배를 둘러싸고 치열하게 싸웠다. 엔랴쿠지 승병僧兵들이 몇 번이나 기요미즈데라를 습격해 불을 질렀다. 결국, 파괴와 재건이 끊임없이 되풀이됐다.

　　그래도 기요미즈데라가 피해를 입을 때마다 재건될 수 있었던 것은 서민의 절대적인 지지를 받았기 때문이었다. 밤낮 상관없이 본존 앞에서 열심히 기도하는 신도가 있었고 심지어 사찰에서 숙박하며 기도하는 사람도 있었다. 기요미즈데라는 고전 문학이나 가부키 등 전통 예능에도 자주 나온다. 잦은 대화재로 기록 문서를 많이 잃어 버린 기요미즈데라는 이런 작품이 공식적인 기록은 아니지만 사찰 역사를 알려주는 자료가 되었다.

1467년에 시작된 오닌의 난惡仁の亂(오닌노란)이라는 큰 전란이 벌어졌을 때 기요미즈데라는 완전히 소실되어 버렸다. 복원 작업이 시작되었지만 문제는 자금이었다. 당시 큰 평가를 받던 간아미顧阿彌라는 스님이 있었다. 그는 오닌의 난 전부터 권선으로 모은 자금으로 다리를 수축하고 난젠지南禪寺 불전 재건에도 성공했었다. 간아미 스님이 고후쿠지로부터 권선을 하는 자격을 얻어 기요미즈데라 재건에 진력을 다했다. 간아미 스님을 중심으로 한 권선 덕분에 1478년에 범종이 다시 주조되고 6년 후에 본당도 재건되었다. 이후 에도 시대까지 전란이 잦은 상황에서도 기요미즈데라는 장군에게 보호를 받았다.

그러나 1629년에 화재로 인왕문, 종루를 제외한 당탑이 거의 다 불타버리고 말았다. 그 때 에도 바쿠후幕府의 3대 장군인 도쿠가와 이에미쓰가 거액의 돈을 내고 가람이 재건되었다.

현재 기요미즈데라 주요 당탑은 기본적으로 그 때 복원된 것이다. 그리고 기요미즈데라 스스로 자금을 모으기 위해 비불秘佛인 본존을 유료로 공개했더니 공전의 참배객이 방문했다고 한다. 33년마다 한 번씩 공개되는 본존이 2000년에 공개되었고, 또 2008년과 2009년에 특별 공개를 했다. 평소에는 비불인 관음보살을 볼 수 없지만 관음보살 권속인 28부중상二十八部衆像을 예불할 수 있다. 본당이 어두워 잘 보이지 않지만 역동적인 모습에 감동을 받는다.

볼거리가 많은 기요미즈데라 답사 중에서도 하이라이트는 본당에 설치되는 무대이다. 무대는 예불 공간이기도 하고 그 말대로 본존 관음보살에게 바치는 전통 예능을 공연하는 공간이기도 하다. 창건 당시의 본당에는 무대가 없었으나 참배객의 증가에 따라 무대를 만들었다고 한다. 언제

산넨자카

야사카노토(탑)

무대가 세워졌는지에 대한 정확한 자료가 없지만 헤이안 시대 후반 문학 작품에 무대가 등장하고 있다. 무대 높이 약 13미터, 넓이 약 190제곱미터, 무대를 떠받치는 나무 기둥은 못을 하나도 쓰지 않고 강고히 조립되었다. 벼랑에 세워진 웅대하고 호장한 무대 모습을 보면 인간의 기술력에 감탄할 수밖에 없다.

일본어 속담 중에 '기요미즈의 무대에서 뛰어내릴 셈을 치고'라는 유명한 표현이 있다. 현재는 큰 결단을 내리고 일을 할 때의 마음을 표현하는 말인데 원래는 소원이 이루어지기 위해 실제로 무대에서 뛰어내린 사람이 있었다.

17세기 후반에서 19세기 후반까지 무대에서 뛰어내린 사건이 235건 발생했고, 이 가운데 2번 시도해 2번 성공한 사람도 있었다. 놀랍게도 생존율이 85.4%였다고 한다. 성공하면 소원이 이루어지고 다시 태어나서 새로운 삶을 시작할 수 있다고 믿었기 때문이다. 시도한 사람들은 거의 다 서민이었다. 메이지 시대에 들어 이 습관이 미신에 의한 악습이라고 금지되었다.

무대에서 바라보는 경치도 좋지만 무대에서 먼 앞산에 보이는 순산을 기원하는 곳인 고야스노토子安の塔 쪽에 가서 본당과 무대를 보는 것을 권한다. 소개로 나오는 기요미즈데라 사진은 거기서 찍은 것이 많다. 안타깝게도 지금 수리중이어서 멋진 사진을 찍을 수 없고 못 들어가는 곳도 있지만 사찰 경내 답사는 가능하다.

고야스노토를 무대 방향으로 내려가면 오토와노타키에 나온다. 가는 물줄기 셋이 각각 학업, 연애, 장수에 효험이 있다고 해서 언제나 사람이 줄을 서서 물을 마시는데 사찰에는 셋 다 효험이 똑같다는 설명이 있다.

기요미즈데라를 방문할 때 요즘 사회 문제로 이슈가 될 정도로 버스

타는 사람이 엄청나게 많아져서 버스를 타지 말고 전철을 권한다. 전철역에 내려서 비탈길을 즐기면서 올라가는 것을 추천한다. 게이한京阪 기요미즈고조역에서 내리면 고조자카五条坂나 자완자카茶わん坂를 경유해서 가게 되고 게이한 기온시조역이나 한큐阪急 가와라마치河原町역에서 내리면 니넨자카二年坂, 산넨자카三年坂를 경유해서 가게 된다.

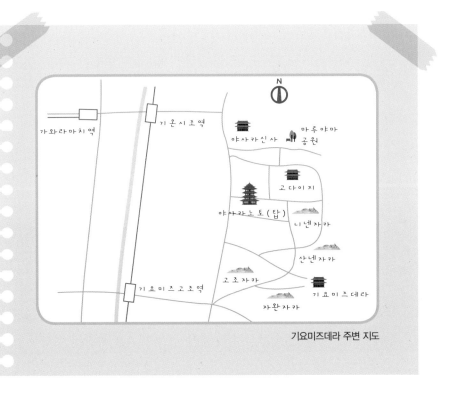

기요미즈데라 주변 지도

봉황이 앉은 자리, 아미타 부처 나투다

나라와 교토에 가본 적이 있는 외국인에게는 두 도시가 일본 고도古都라는 공통점이 있음에도 특색이 너무 다르다는 인상이 남아있을 것이다. 특히 보도인平等院에서는 나라 사찰 경내에 있는 느낌과 너무 다르고 사찰이라기보다 아름다운 정원 혹은 궁전에 있는 착각까지 든다.

　나라 지역 사찰들은 천황의 발원으로 건립되어 황실 사람들의 건강을 기도하거나 호국 역할을 하는 사찰이 많고 교토 사찰 중에서도 국가와 관련된 사찰이 있다. 그러나 보도인 창건에 대해 살펴보는 과정에서 '천황의 발원'이라든가 '호국'이라는 말이 자료에 나오지 않는다. 그럼 보도인은 어떻게 창건되었을까? 지금부터 일본 역사 배경에도 주목하면서 보고자 한다.

　일본 동전 10엔짜리 뒷면에도 그려져 있고 수학여행 필수 코스로도 알려져 있는 보도인은 교토부 남부에 위치한 우지시宇治市에 있다. 우지차宇治茶로 유명한 이곳은 교토와 나라를 잇는 중간에 위치하고, 수운水運과 육운陸運 교통의 요충지로 발달했다.

　산으로 둘러싸이고 비와코에서 내려온 우지강의 맑은 강물이 흐르는 풍광명미風光明媚한 우지는 헤이안 귀족들이 별장을 짓는 곳이기도 했다. 보도인 시작도 9세기 중엽에 세워진 별장 우지원宇治院(우지인)으로 거슬러 올라간다. 주로 황실 일족이 소유하던 우지원을 후지와라노 미치나가藤原道長

뵤도인의 호오도 연못 중앙에 있는 섬에 세워, 수면에 비치는 호오도의 모습이 아름답다.

가 998년에 물려받았다. 그는 이곳을 우지덴宇治殿이라고 부르고 경승을 즐겼다. 그것을 미치나가의 아들인 요리미치賴通가 물려받았다. 요리미치는 1052년에 본당을 건립했다. 이때부터 우지덴은 뵤도인이라는 사찰로 불리었다. 이것이 뵤도인의 시작이다.

헤이안 시대 중반에서 후반까지 문화적으로, 특히 미술사적으로 '후지와라 시대'라고 부른다. 정치적으로는 물론이고 문화적으로도 강한 힘이 있었던 귀족 후지와라씨는 어떻게 힘을 갖게 되었는지, 또 문화적으로 어떤 특징이 있었는지에 대해 살펴보고자 한다.

후지와라씨는 고후쿠지를 소개할 때 말했듯이 후지와라씨의 시조인 나카토미노 가마타리가 7세기 정변 때 공을 세우고 후지와라라는 성을

뵤도인의 호오도 정면 정면에서 바라보면 날개를 펼친 새처럼 보이고 지붕에 봉황 한 쌍이 설치되어 있어 호오도(鳳凰堂)라고 불리게 되었다.

하사받았다. 그후 후지와라노 가마타리가 된 것으로부터 역사를 시작한다. 가마타리 아들인 후히토의 누나와 딸이 천황과 결혼하면서 황자와 황녀를 낳자 후히토는 정치적으로 절대적인 권력을 갖게 되었다.

후히토의 아들 4명이 후지와라씨 남南, 북北, 식式, 경京의 4대 가문의 시조가 되어 후지와라 4가를 이루게 되었다. 이 가운데 북가가 가장 번성한 가문이었다.

북가는 9세기 중엽에 사가 천황이 세상을 떠난 후 주로 섭정攝政이라는 정무 방식으로 급격히 세력이 강해졌다. 섭정을 없애고 정치적인 상황을 바꾸려고 한 천황도 있었지만 절대적인 힘을 갖춘 후지와라씨가 섭정 자리에 계속 올라갔다. 후지와라 북가 가운데 후지와라노 다다히라藤原忠平의 자손만이 섭정에 취임했는데 섭관자리를 둘러싸고 다다히라의 자손들

이 치열한 투쟁을 했고 마침내 미치나가가 승리했다.

미치나가가 세상을 떠난 지 25년 후인 1052년, 마치 말법 시대가 시작한다고 하는 해에 미치나가의 아들인 요리미치가 아버지에게 물려받은 별장 우지덴을 사찰로 바꾸었다. 처음에는 본당이 있는 보통 사찰이었으나 다음 해에 정토사상에 의하여 만들어진 정원인 서방정토를 구현한 정토식 정원을 만들고, 그 중심에 아미타당을 세워 아미타여래좌상을 봉안했다. 그것이 바로 현재 호오도鳳凰堂이다.

호오도 본래의 명칭이 아미타당이다. 지붕 위에 봉황상 한 쌍이 놓여 있기 때문에 에도 시대부터 호오도라는 이름으로 부르게 되었다. 일본 사찰 건축물이 비교적으로 직선적인 인상이 있는 것이 많은 가운데 호오도의 옆으로 펼쳐진 지붕은 곡선미가 너무 아름답고 부드러운 멋을 지니고

호오도 지붕 위의 봉황상 실물은 호쇼칸에 전시되어 있다.

있어 호오도 자체가 마치 봉황이 날개를 좌우로 크게 펼쳐진 모습으로 보인다. 호오도 밖에서 은은히 보이는 아미타여래좌상이 헤이안 시대 불상 가운데 최고봉으로 꼽힌다.

후지와라 시대를 대표하는 불상 조각가 조초定朝 스님이 제작한 불상이라는 것이 유일하게 밝혀진 불상이다. 조초는 헤이안 귀족들의 선호에 맞는 우아하고 세련된 일본적인 양식을 창조하고, 이것이 오랫동안 일본 불상의 전형이 되었다. 호오도에 들어와 아미타여래좌상을 가까이에서 보면 중국식이나 한국식을 떠나 일본화된 특징을 느끼게 된다.

아미타여래좌상의 뒤에는 화려한 광배가 있고, 광배 위로는 화려하고 큰 닫집이 있다. 불상은 물론이지만 그 닫집 자체도 국보로 지정되어 있다. 가로 약 5미터인 방형方形 닫집 안에 또 직경 약 3미터인 동그란 닫집이 있는 이중 닫집이다. 나무를 투조透彫라는 조각법으로 섬세하게 깎고 거기에 옻칠, 나전, 금박을 가한 것인데 이렇게까지 크고 화려한 닫집이 정말 드물다.

아미타당 벽에는 운중공양보살상雲中供養菩薩像이 걸려 있다. 52구 가운데 26구는 호쇼칸鳳翔館에 전시되어 있어서 더 가까이에서 자세히 들여다볼 수 있다. 모두 다 구름을 타고 조용히 합장하기도 하고, 즐겁게 춤추기도 하고, 악기를 연주하는 모습 등 아미타 정토의 다양한 보살의 모습을 표현하고 있다. 좌상의 높이 40~72센티미터, 입상의 높이 62~87센티미터인 운중공양보살상의 섬세하고 세련된 조각에서 조초가 목조 기법 발달이라는 측면에서도 큰 공을 세운 것을 알 수 있다.

원래 목조 불상은 통나무로 만든 것이 기본이었는데, 여러 면에서 한계가 있었다. 이것을 극복한 기법이 목재를 결합함으로써 제작하는 '요세기 즈쿠리寄木造'라는 목조 기법이었다. 요세기 즈쿠리 기법은 7세기 목조상에도 이용되었으나 이것을 세련된 기법이라는 수준까지 높인 사람이 조초이었다.

내가 개인적으로 뵤도인 답사 중에 가장 좋아하는 것이 바로 운중공양보살상과의 만남이다. 방문하면 자세히 보고 가장 좋아하는 보살상을 골라보는 것도 좋겠다.

2001년에 개관한 뵤도인 보물관인 호쇼칸은 현대식의 멋진 건물인데 뵤도인 주인공인 호오도 외관에 영향을 미치지 않게 호오도 뒷쪽으로 눈에 띄지 않게 세워져 있다. 거기서 운중공양보살상을 비롯한 국보 범종, 국보 금동봉황상 등 뵤도인의 대표적인 보물들을 상설전시로 만나볼 수 있다. 호쇼칸이라는 이름은 뵤도인의 상징인 봉황이 미래를 향해 비상할 것을 기도해 지어졌다. 과거, 현재는 물론이고 앞으로도 귀중한 문화유산을 지키는 책임을 지겠다는 뵤도인의 강한 의지를 호쇼칸이라는 명칭으로 알 수 있다.

뵤도인답사안내

뵤도인 입장료로 호오도 외관, 호쇼칸 내부 관람을 할 수 있지만 호오도 내부에 들어가려면 따로 요금을 내야 된다. 개별적으로 관람하지 못하고 안내원을 따라서 20분 간격으로 관람한다. 사람이 많을 때는 경내에 들어가자마자 신청하는 편이 좋다. 봄과 가을에는 단체객이나 개인 방문객도 많은데 특히 등나무 꽃이 피는 봄에 붐빈다. 게이한 우지역에서 뵤도인까지는 걸어서 10분 정도이다. 오사카에서 우지에 갈 때는 먼저 요도야바시淀屋橋역에서 데마치야나기出町柳행을 타고, 게이한 주쇼지마中書島역에서 우지행으로 갈아타고 간다. JR우지역에서도 걸어갈 수 있다.

뵤도인

관람 시간

정원	8:30 ~ 17:30 (입장은 17:15까지)
호오도 내부 관람	9:30 ~ 16:10 (20분 간격, 1회 50명 정원) ※ 접수 시간 9:00~ (선착순 매진 시 종료)
뮤지엄 호쇼칸	9:00~17:00 (입관은 16:45까지)
뮤지엄 숍	9:00~17:00
카페 토우카	10:00~16:30 (화요일은 정기 휴일)

관람료

평일, 주말 및 휴일	성인	중학생 / 고등학생	초등학생
개인	600엔	400엔	300엔
25명 이상의 단체	500엔	300엔	200엔
장애인	장애인 수첩 소지자는 본인과 동반 1인 요금 반액		

※ 호오도 내부 관람시 별도 요금 300엔

※ 모두 2018년 기준

뵤도인 가는 길

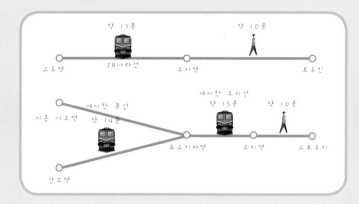

뵤도인 주변 지도

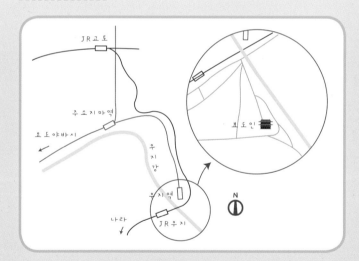

고잔지高山寺
자연을 벗한 고승이 남긴 고찰古刹

많은 방문객으로 언제나 붐비는 인기 관광지인 교토 아라시야마嵐山 북쪽에 다카오·마키노오·도가노오는 단풍으로 유명한 지역이다. 교토 중심지에서 버스를 타면 아라시야마 가까이에 있는 닌나지仁和寺를 지난 후, 얼마 안돼 가파르고 좁은 산길을 맴돌아 올라가면 도가노오산 고잔지 쪽으로 간다.

고잔지高山寺는 작은 산사이지만 많은 문화재를 갖고 있고, 헤이안쿄 천도 1200주년인 1994년에 '고도古都 교토의 문화재'로 도지, 뵤도인 등 교토를 대표하는 사찰들과 함께 유네스코 세계문화유산으로 지정되었다.

특히 세계적으로 유명한 두루마리 그림인 '조주진부쓰기가'는 고잔지에 가 본적이 없더라도 일본 사람이라면 모르는 사람이 없을 정도이다. 한국인에게는 화엄종조사회전과 원효대사상, 그리고 의상대사상을 소장하고 있는 곳이 바로 고잔지라는 사실을 알게 된다면 고잔지를 더 친근하게 느끼게 될 것이라고 생각한다.

사전에 의하면 고잔지는 나라 시대 후반인 774년에 고닌光仁 천황의 칙원勅願으로 창건되었고 신간지도가노오보神願寺都賀尾坊라고 일컬었다. 이후 헤이안 시대 말기부터 오랫동안 고잔지 남서쪽에 있는 진고지神護寺의 별원이었다.

1206년에 고토바後鳥羽 상황이 화엄종 번영을 목적으로 사찰 땅을 묘

세키스이인 입구 산문 국보 세키스이인의 입구이다.

에明惠 상인에게 하사했고 사찰 이름이 고잔지
가 되었다. 고잔지는 진고지 별원이라는 입장
에서 떠나 독립한 사찰로서의 걸음을 시작했
다. 고잔지라는 이름은 화엄종에 유래하는 '일
출선조日出先照 고산高山'에 의하여 지어졌다. 지금
도 고잔지 세키스이인石水院에 걸려 있는 '일출
선조고산지사日出先照高山之寺(해가 뜨고 제일 먼저 비추는 높은
산의 절)'라는 칙액勅額이 그때 상황이 내려준 것이
라고 전한다.

조주진부쓰기가 전시회 도록과
고잔지 팜플렛

가이잔도 묘에 상인을 모신 곳이다.

현재 고잔지에는 건물이 별로 없다. 창건 당시의 건물이 세키스이인
뿐이고 근세에 들어 재건된 것도 많지 않다. 옛날 많은 전각과 탑이 있던
곳엔 지금 큰 나무로 채워져 있다. 볼거리가 별로 없다는 인상이 생길 사
람이 있을지도 모르지만, 고잔지 본래의 모습이 오히려 거기에 있다. 그것
이 묘에 상인의 넋이 여전히 살아있기 때문인가 싶다.

묘에 상인은 1173년에 오사카 남쪽에 위치하는 와카야마和歌山에서 태
어났다. 8살 때 어머니, 그리고 아버지를 여의어, 다음 해에 외삼촌이 있
는 진고지에 입산해 연찬을 쌓았고, 1188년 도다이지 계단원戒壇院에서 수
계를 받아 승려가 되었다. 21세 때 화엄종 흥륭을 위해 도다이지에 출사出
仕했으나 그만두고 23세 때 와카야마 산 속으로 옮겨와 순수한 수행 생활

을 시작했다. 학문을 열심히 쌓은 묘에였지만 큰 사찰에서 학승들이 출세나 학문적인 관심만 있을 뿐 수행을 별로 하지 않는 것을 보고 수행을 중요시하는 묘에는 깊은 산 속에 들어간 것이다.

어렸을 때 어머니를 잃은 묘에 상인이 평생 어머니라고 여겨 신앙한 것이 불안불모상佛眼佛母像이라는 불화였다. 그는 모든 욕망을 버리고 불도를 닦겠다는 의지를 굳히기 위해 불안불모상 앞에서 오른쪽 귀를 잘랐다.

묘에는 암자를 몇 번 옮기면서 약 10년간 와카야마 산 속에서 수행을 했다. 이것이 위대한 성직자 스님으로서의 묘에 상인을 형성시키는 데 큰 토대가 되었다.

1206년 11월, 34세 때 고토바 상황에게서 고잔지를 하사받았다. 가마쿠라 시대에 돌입한 당시는 정토종, 임제종 등 가마쿠라 신新 불교가 발흥勃興했는데 묘에 상인은 화엄종, 진언종 등의 도량으로 가람을 정비했다. 묘에 상인이 정토종 개조인 호넨 스님이 오직 나무아미타불이라고 열심히 염불하면 모두 다 왕생할 수 있다는 전수염불을 주장하는 것을 비판해, 불법은 타력에 의존하는 게 아니라 참선이라는 자력으로 구할 수 있다고 주장했다. 수행을 중요시하는 동시에 학문을 잘하는 묘에는 저서도 잇달아 저술해, 불교계의 대표적인 명승이 되었다.

1232년 60세로 입적할 때까지 행법 좌선 수학을 열심히 했다. 초상화 '묘에상인수상좌선상明惠上人樹上坐禪像'에는 묘에 상인이 만년에 소나무 위에서 좌선하는 모습이 그려져 있다. 초상화 치고는 인물이 작게 그려져 있는데 자연 속에 인간이 있다는 것과 인간과 자연이 잘 조화되는 것을 그림에서 알 수 있다. 새와 다람쥐가 그려진 자연 속에서의 좌선상이라는 초상화는 가마쿠라 시대의 고승을 그린 초상화로서는 예외적이다.

뒷문에서 세키스이인으로 가는 길

묘에 상인이 개성이 강하면서도 사랑스러운 사람이어서 지금도 그의 매력에 빠진 팬이 많다. 유명한 것 가운데 하나가 그가 꾼 꿈을 기록한 '유메노키夢記'다. 1191년에 시작해 이후 40년간 꿈을 기록한 일기에서 그의 솔직한 마음을 엿볼 수 있고, 꿈을 꾸면서도 불도를 구한 것도 유메노키에서 알 수 있다. 묘에 상인의 일기 '유메노키'엔 동물들도 등장한다. 강아지가 꿈에 나타난 적도 있다고 한다. 세키스이인에선 묘에 상인이 사랑한 귀여운 강아지 목조각상이 전시되어 있는데 이 강아지를 보면 묘에 상인의 동물을 사랑하는 마음을 느낄 수 있다.

고잔지의 수많은 문화재 중에서 가장 유명한 것이 역시 두루마리 그림인 조주진부쓰기가다. 갑을병정甲乙丙丁 4권으로 이루어져 있는 조주진부쓰기가는 모두 수묵화로 그려져 있고 글이 있는 일반 두루마리 그림과 달리 글도 없는 그림만으로 구성되었다. 처음부터 4권 세트로 제작된 게 아니라 갑과 을권은 헤이안 시대 후반, 병과 정권은 가마쿠라 시대에 제작되었다.

갑권에는 의인화된 동물이 그려져 있고, 을권에는 말이나 소 등 실재하는 동물과 상상의 동물이 등장한다. 병권은 전반에 인물, 후반엔 갑권처럼 사람의 흉내를 내는 동물이 나오고, 정권에는 인물이 나온다. 그 중 가장 유명하고 뛰어난 것이 갑권으로 토끼·개구리·원숭이를 중심으로 여우·고양이·쥐 등 11종류의 동물이 수영과 씨름을 하는 모습이 생생히 그려져 있어 정말 재미있다.

고잔지 세키스이인에 전시되어 있는 것이 복제품이고 실물은 박물관에서 보존하고 있는데, 평소에는 볼 수 없지만 박물관에서 실물을 전시할 때가 있어 2014년 교토국립박물관으로 보러 갔다. 이 전시회는 인기가 굉장히 많아 일본 전국에서 찾아온 관람객들로 매일 장사진을 이루었다. 나도 2시간 가까이 줄서서 기다렸다가 들어갔던 기억이 있다. 줄을 서면서 '동물 그림을 보기 위해 이렇게까지 고생을 할 필요가 있을까'라는 생각도 들었지만 갑권 동물들의 약동감이 가득하고 즐겁게 놀고 있는 모습을 직접 실견하게 되면서 고단했던 몸도 불편했던 마음도 완전히 사라졌다. 기회가 있으면 다시 줄을 서서 볼 것이다. 한국의 독자들에게도 기회가 닿는다면 실견하시기를 권한다.

이렇게 유명한 작품이지만 누가 어떤 목적으로 제작했는지, 주제는 무엇인지 등 아직 알려지지 않았다. 4권이 인간과 동물, 행사와 놀이 등 공통적인 요소는 있지만 글도 없기 때문에 연결된 한 이야기로 읽을 수는 없다. 언제 고잔지에 왔는지, 왜 고잔지에 있는지에 대해서도 알려지지 않았다. 묘에 상인과의 관계도 확실하지 않다. 그래도 동물을 사랑한 묘에 상인과 조주진부쓰기가가 인연이 있다고 믿는 사람이 많을 것이다.

고잔지 답사 안내

고잔지 주변 JR버스 도가노오 정류장
에서 내리면 큰 주차장이 있고 주차장
주변엔 식당이 있다. 식당에서 맑은 강
물이 흐르는 것을 보면서 밥을 먹는 게
기분이 참 좋다. 여기까지 오면 좋은 환
경에서만 사는 물총새도 있어 교토 중
심지에서 맛볼 수 없는 자연의 아름다
움도 만끽할 수 있다.

진고지

사찰 출입구는 앞문, 뒷문이 있는데 버
스 정류장에서는 뒷문이 더 가까워 요
즘 뒷문에서 들어가는 사람이 많다. 뒷문에
서 들어가면 세키스이인이 바로 나온다. 경
내 답사는 세키스이인 외에는 평소에 무료로 볼 수 있고,
단풍철에만 경내도 입장료가 필요하다.

가마쿠라 시대에 세워진 세키스이인은 고잔지 창건 당시
에 건립된 건물 중에서 유일하게 남아 있는 것이고, 가마
쿠라 시대 건축물의 걸작으로 국보로 지정되어 있다. 원
래 금당 가까이에 있었으나 19세기 후반에 현재 위치로 옮
겼다. 수많은 문화재를 갖고 있는 고잔지이지만 거기서 관람
할 수 있는 문화재는 일부분이다.

하지만 세키스이인에서 바라보는 경치는 정말 아름다워서 들어갈 가치가
충분히 있다. 인공적인 미가 특징인 교토 중심지의 큰 사찰들과 달리 세키스이인은 자연과
의 경계가 없고 마음이 편안해져 툇마루에 앉아 산을 보면 거기서 떠나고 싶은 마음이 일어
나지 않는다.

경내에는 일본에서 처음으로 차를 재배한 곳으로 일본 최고의 다원茶園이라는 돌비가 있다.
묘에 상인이 일본에 처음으로 선종을 전한 요사이 스님이 송나라에서 가져온 차 씨앗을 받
아서 고잔지 가까이에서 심었더니 질이 좋은 차가 되었다. 일본을 대표하는 우지차宇治茶는
고잔지 차 묘목을 옮겨 재배된 것이라고 전한다. 고잔지 주변엔 진고지를 비롯한 볼거리가
많아 거기서 답사하는 것도 좋다.

관람 시간 8:30 ~ 17:00
관람료 **세키스이인 참배료** 800엔, **입산료** 500엔(단풍시기)
※ 2018년 기준

고잔지 가는 길

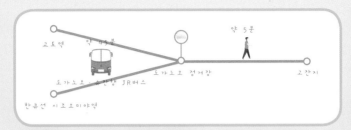

약 5분

고토역   약 45분

도가노오·슈잔행 JR버스

한큐선 시조오미야역

도가노오 정거장

고잔지

고잔지 주변 지도

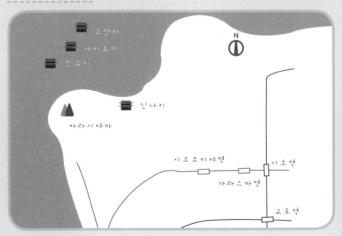

고잔지

사이묘지

진고지

닌나지

아라시야마

시조오미야역

가라스마역

시조역

고토역

일본 선종 맥을 계승한 교토 대표 사찰

외국 고유 명사는 발음이 비슷비슷해서 구분하기 어려운 경우가 종종 있다. 교토에 있는 도후쿠지도 나라 고후쿠지와 비슷한 이름이다. 실제로 도후쿠지의 '도'는 도다이지의 도東, '후쿠'는 고후쿠지의 후쿠福자를 따서 지어졌다.

도후쿠지는 JR교토역 남동쪽에 위치하며 교토역에서 나라선을 타고 가면 다음 역이 바로 도후쿠지역이다. 더 남쪽으로 내려가면 외국인 관광객의 인기를 끌고 있는 후시미이나리 다이샤伏見稲荷大社가 있다. 기요미즈데라에서도 멀지 않고 찾아가기가 비교적으로 쉬운 곳에 있지만, 예전에는 방문객도 그다지 많지 않은 이른바 숨은 명소였다. 그러나 요즘은 단풍 명소로 알려지면서 사진 촬영 포인트인 다리 위에는 출퇴근 시간의 전차처럼 많은 사람으로 혼잡하다.

도후쿠지는 이 책에서 처음으로 등장하는 선종 사찰이다. 헤이안 시대 후기에 일본과 송나라의 교역이 많아지면서 승려도 배를 타고 입송했고, 송나라에서 융성했던 선종을 배워 왔다. 일본에 처음으로 선종을 전한 요사이榮西(또는 에사이) 스님이 12세기 후반에 두 번 입송했으며 일본에 선종을 포교하려고 했다. 처음에는 반대하는 사람이 많아서 탄압도 받았지만 가마쿠라 막부幕府의 지지를 받으면서 선종을 흥륭시키기 위해 진력했다.

가마쿠라 시대에 요사이 스님이 선종 갈래인 임제종臨濟宗을 개창했고

도후쿠지 전경 도후쿠지 사찰명은 나라 지역의 사찰 도다이지의 도, 고후쿠지의 후쿠를 가져와 합친 것이다.

도겐道元 스님이 선종 갈래인 조동종曹洞宗을 열면서 본격적으로 좌선을 일본에 전했다. 무로마치 시대에 들어 중국의 5산 제도에 의하여 교토 5산으로 교토에 있는 임제종 5대 사찰이 선정되었는데 도후쿠지가 그 중 하나로 뽑혔다.

현재 도후쿠지가 있는 곳에는 원래 홋쇼지法性寺라는 귀족 후지와라씨의 가문 사찰이 있었다. 10세기에 지어진 홋쇼지는 약 300년간 후지와라씨의 가문 사찰로 번성했는데 1236년에 후지와라씨 일문인 섭정관백 구조 미치이에九條道家가 대불을 봉안하는 불전 건립을 시작했다. 사찰 이름은 도다이지의 거대함과 고후쿠지의 성대함을 모범으로 도후쿠지라고 이름 지었다. 기존 불교계와의 마찰을 피하려고 처음은 천태종·진언종·선종이란 3종 겸학 도량으로 시작했다.

도후쿠지 삼문 1952년 국보로 지정되었으며, 선종불교에서 가장 오래된 정문이다.

불전을 건립 중이었던 1243년, 엔니벤엔円爾弁円(1202~1280) 스님을 개산조
사로 초빙했다. 그는 송나라에서 선종을 배우고 귀국한 후에 선종 사찰을
세우고 제자들을 양성하며 선종을 보급시키는 데 큰 공을 세웠다. 그는
또 조정이나 막부에서도 큰 신뢰를 얻어 입적한 후에는 천왕에게서 쇼이
치聖─ 국사國師라는 칭호를 받아 일본에서 처음으로 '국사'라는 칭호를 받
은 분이 되었다. 쇼이치 국사는 뛰어난 제자를 많이 키웠고 그 중 입송한
제자가 12명이 있었다고 한다.

불전 본존인 석가여래좌상의 높이는 15미터, 대불 좌우에 봉안된 협
시인 관음과 미륵보살상의 높이가 7.5미터로, 신대불사新大佛寺라고 불려졌
다. 이렇게 대불을 봉안할 정도의 큰 규모인 도후쿠지도 역사가 있는 다
른 사찰과 다름없이 영고성쇠榮枯盛衰를 거듭했다. 14세기에 잇단 화재로 대

부분이 소실되었다. 그때는 복원 공사가 시작되고 불전도 재건되어 위용을 되찾았다. 15세기와 16세기에 큰 전란으로 또 피해를 많이 입었다.

그래도 막부나 유력자들의 지원을 받아 가람이 수리, 복원되어 오랫동안 교토 최대의 선종 사찰로서의 면목을 유지할 수 있었다. 그러나 메이지 유신으로 사찰 땅이 12만여 평에서 6만 5천 평으로 줄어들고 70여 개 있었던 도후쿠지 탑두塔頭 사원은 정부의 합폐사合廢寺 제령으로 절반 이상이 없어졌다.

게다가 1881년엔 화재가 일어나 불전, 법당 등 건물이 소실되어 버리고 대불도 한쪽 손만 남은 상태였다. 다행히 삼문三門, 선당禪堂 등 무로마치 시대에 지어진 건물이 화재를 면했고, 법당이면서 강당인 건물도 재건되어 1934년에 완성되었다. 옛날 지어진 고풍스럽고 장엄한 건물과 근대에 들어 지어진 건물이나 정원이 잘 조화되어 있는 도후쿠지는 임제종 도후쿠지파의 대본산으로 그 위용을 여전히 자랑하고 있다.

칠당가람

사찰 가람의 주요한 7가지 건축물을 칠당가람七堂伽藍이라고 하는데 종파마다 건축물이 다르다. 선종 칠당가람은 삼문三門·법당法堂·방장方丈·고리庫裏(종무소)·선당禪堂·도스東司(해우소)·욕실浴室 등을 말한다. 여기서 도후쿠지 칠당가람 가운데 삼문부터 보고자 한다.

선종 사찰에서 불전 앞에 있는 문을 삼문이라고 한다. 삼문은 '삼해탈문三解脫門'의 준말이다. 현재 도후쿠지 삼문은 14세기에 누문이 소실된 후, 15세기 초에 지어진 것이고 현존하는 신종 사찰 삼문 가운데 일본 최고最古이면서 최대의 문으로 국보로도 지정되었다. 삼문 2층에 불단이 있고 석

도후쿠지 법당

가여래와 16나한상16羅漢像 등을 봉안하고 있다.

　삼문 뒤에 위치하는 법당(불전)이 높이 26미터, 정면이 41미터, 측면이 30미터로 장대한 목조 건축물이다. 20세기에 들어 재건된 건물이지만 고풍스럽고 기품도 있어 주변에 있는 무로마치 시대에 지어진 건물들과 잘 어울린다. 법당에서 가장 중요한 행사는 열반회라는 석가모니의 유덕을 칭찬하고 추모하는 법회이다. 매년 3월 14일에서 16일까지 사흘 동안 열리는 열반회 때는 화승 기쓰산(또는 기치잔) 민초吉山明兆(1352~1431)가 그린 높이 15미터, 폭이 8미터의 대열반도가 공개된다. 석가모니의 입멸을 그린 열반도에는 많은 동물들이 모여 슬퍼하는 모습이 그려져 있는데 도후쿠지의 대

도후쿠지 방장의 동쪽 정원 돌기둥은 북두칠성을 나타낸다.

서쪽 정원 중국의 땅 분할 방식인 정전제를 모방해서 만들었다.

남쪽 정원 4개의 바위섬은 천국의 섬을. 8개의 소용돌이 모양은 바다를 상징한다.

북쪽 정원 바둑판 모양의 이끼 정원이 기하학적인 모양으로 배치되어 있다.

열반도에는 고양이가 등장하는 것이 특징이다.

대열반도를 제작한 기쓰산 민초吉山明兆는 도후쿠지를 소개할 때 절대로 빼놓을 수 없는 인물이고 또 일본 회화사에서 중요한 사람이다. 주변 사람은 그가 선승으로서 높은 자리에 올라가는 것을 원했지만 이것을 거절해 그는 승려로서는 평생 덴스殿司라는 불전을 관리하는 지위가 높지 않은 일을 했으며 조덴스兆殿司라는 별명이 있었다. 민초의 작풍은 북송이나 원나라의 불화를 토대로 기존의 회불사繪佛師나 화승의 회화에서 볼 수 없는 호방한 개성과 품격을 갖고 있는 것이며 일본 회화사에 큰 영향을 주었다.

원래 영향력이 있었던 도후쿠지 불화 공방이 민초 이후는 도후쿠지 계 외의 사찰에서도 주문을 받게 되며 선종계 불화의 중심적인 사찰이 되었다.

법당 뒤쪽은 방장이다. 방장이란 선종 사찰의 조실祖室 또는 주지가 거주하는 곳이고 나중에는 손님을 대접하는 역할이 더 커졌다. 도후쿠지 방장은 1881년에 화재로 소실된 후, 1890년에 재건되었고 방장 정원은 유명한 정원 예술가 시게모리 미레이重森三玲에 의하여 1939년에 완성된 것이다. 방장의 동서남북에 정원이 꾸며져 있고, 정원 이름은 석가모니의 팔상성도八相成道에 연유되는 팔상의 정원이라고 한다. 수많은 선종 사찰 방장 정원 중에서 방장 사방에 정원을 꾸민 곳은 도후쿠지 방장 뿐이다. 방장에 들어갈 때는 방장 옆에 있는 종무소인 고리에서 입장료를 지불한다.

법당 서남쪽에 위치하는 선당은 무로마치 시대 초기 건물로, 일본에서 가장 오래되었고 가장 큰 선당이어서 중요문화재로 지정되어 있기도 한 중요한 건물이다. 선당은 선승이 참선하는 중요한 곳이고 부처가 되는 승려를 선발하는 도량이라는 뜻으로 선불장選佛場이라는 별명이 있다.

도스 무로마치 시대 전기에 지어진 것으로 현존하는 도스 중 가장 오래되었다.

선당 남쪽에는 도스가 있다. 도스란 선종 사찰에서 변소를 가리키는 말이고 선당 옆에 배치되는 것이라고 한다. 무로마치 시대 전기에 지어진 도스도 현존하는 도스 가운데 최고이고 가장 크기에 중요문화재로 지정되어 있다. 사찰 안내판에 의하면 당시 배설물이 귀중한 퇴비 비료로, 사찰의 수입원이 되었다고 한다. 안으로 못 들어가지만 밖에서 안을 보면 동그란 구덩이가 나란히 있는 것이 보인다.

삼문 동쪽에 도스와 대칭으로 배치되어 있는 것이 욕실이다. 욕실은 1459년에 지어진 것으로 1408년에 지어진 도다이지 욕실 다음으로 오래된 것이다. 욕실도 중요문화재로 지정되어 있다. 사찰 안내판에 의하면 이 욕실은 물이나 땔나무를 적게 사용하기 위해 따뜻한 물이 아니라 증기로 때를 없애려고 한 친환경 사우나탕이었다고 한다. 도스나 욕실 훌륭한 건물을 보면 많은 선승들이 여기서 수행했던 사실을 알 수 있다.

도후쿠지 답사 안내

후시미이나리 입구

도후쿠지에 갈 때는 JR도후쿠지역 또는 게이한 도후쿠지역에서 10분 정도 걸어간다. 탑두 사원이 줄지어 있는 길을 걸어가면 가운쿄臥雲橋가 나오는데 거기서 바라보는 쓰텐쿄通天橋 가 아름답다. 가운쿄를 통과한 후 왼쪽에 있는 닛카몬日下門에서 경내로 들어간다. 거기서 들 어가면 먼저 만나는 건물이 오른쪽에 있는 선당인데 먼저 삼문 쪽으로 가서 답사를 시작하 는 것이 더 편하다.

경내에는 무료로 들어갈 수 있지만 입장료가 필요한 곳도 있다. 그중 일년내내 관람할 수 있 는 곳이 쓰텐쿄와 개산당開山堂, 그리고 방장이다. 열반회(3월 14일~16일) 때는 평소에 못 들어 가는 법당과 삼문 2층에 들어갈 수 있다(법당은 무료, 삼문은 유료). 법당에서 대열반도는 물론이 지만 천장에 그린 운룡도雲龍圖도 정말 볼 만하다.

도후쿠지는 일본 사람들에게는 탑두 사원이 줄지어 있는 규모가 큰 선종 사찰이고, 단풍 명 소라는 이미지가 있다. 한국 분들에게는 신안 해저 유물로 나온 '도후쿠지 공물公物'이라는 물표가 떠오를 것이다. 어떤 사찰인지 한 번 답사하시기를 바란다.

관람 시간

9:00 ~ 16:30	4 ~ 10월 말
8:30 ~ 16:30	11 ~ 12월 초순
9:00 ~ 16:00	12월 초순 ~ 3월

※ 입관은 16:00까지, 12월 초순 ~ 3월은 15:30까지

도후쿠지 가는 길

도후쿠지 주변 지도

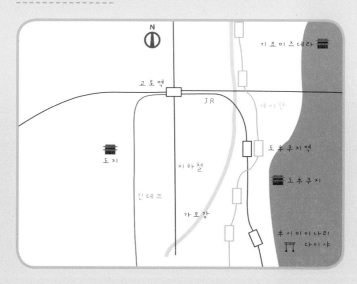

"산수山水엔 득실 없다"…… 선禪의 정원이 주는 가르침

지금까지 간사이 지방의 명찰을 소개하면서 교토 서쪽에 위치하는 '아라시야마嵐山'라는 지명이 몇 번 등장했었다. 드디어 아라시야마를 대표하는 명찰 덴류지 창건과 경내답사, 주변볼거리 답사에 대하여 소개할 차례가 돌아왔다.

덴류지가 자리잡은 사가노·아라시야마라고 불리는 이 지역은 고대에 도래인 하타씨秦氏에 의하여 개척된 곳이라고 전한다. 경치가 아름다운 이 지역은 헤이안쿄 천도 이후 천황가의 이궁離宮과 귀족의 별장이 지어진 지역이 되었다. 푸른 산, 맑은 강물, 신비로운 죽림, 그리고 신선한 공기. 교토시 중심부에서 조금 떨어져있지만 찾아가기가 어렵지 않은 위치에 이렇게 아름다운 곳이 있다는 것은 교토의 큰 매력이다. 자연환경도 좋고 사찰도 많아서 사가노·아라시야마는 짧은 시간에 둘러보기에는 무리가 따른다. 이 가운데 내가 자주 방문하는 곳, 역시 덴류지다.

임제종 덴류지파 대본산 덴류지는 1339년에 나라·요시노에서 억울하게 죽은 고다이고 천황後醍醐(1288~1339)의 명복을 빌기 위해 아시카가 다카우지 장군足利尊氏(1305~1358)이 무소국사夢窓國師(1275~1351)를 개산조사로 창건한 것이다.

12세기 후반에 무가정권인 가마쿠라 막부의 시대가 되었지만 천황은 폐위시키지 않았다. 친정親政을 노렸던 고다이고 천황이 막부를 붕괴시키려고 시도했으나 두 번 실패했다. 그래도 소원을 포기하지 않고 아시카가 다카우지 등의 도움을 받아서 1333년에 막부를 멸망시키는 데 성공했다. 이듬해 연호를 겐무建武로 바꾸고 새로운 정치를 추구하여 '겐무의 신정新政'을 시작했다.

그러나 성급하게 추진한 이 정책이 무리가 따라서인지 정치적으로는 혼란스러웠다. 아시카가 다카우지가 이반하여 교토에서 고묘光明 천황을 등위시키고, 1338년에 정이대장군征夷大將軍이 되어 새로운 막부를 열었다. 막부는 교토의 무로마치室町에 있었기 때문에 무로마치 막부라고 불렸다. 1336년에 요시노로 내려간 고다이고 천황이 남조를 수립하고 황위의 정통성을 주장했으나 1339년에 세상을 떠났다.

덴류지 자리에는 원래 헤이안 초기에 사가 천황의 왕비가 개창한 단린지檀林寺가 있었고, 13세기에 들어 이궁 가메야마전龜山殿이 세워졌다. 고다이고 천황은 어린 시절에 이곳에서 지냈다. 천황의 큰 신임을 받고, 또 장군들에게서 존경을 받은 무소 국사는 아시카가 장군에게 고다이고 천황의 명복을 빌기 위한 선종사찰을 건립하는 것을 건의했다. 그의 건의는 장군을 통해서 조정에 전해져, 조정에서 새로운 사찰 건립의 허가를 받고 고다이고 천황과 유래가 있는 곳에 사찰이 건립되었다.

사찰 정식 명칭이 '영구산역응자성선사靈龜山歷應資聖禪寺'였다. '역응'이 연호인데 천황의 허가가 있어야 사찰 건립 당시의 연호가 사찰명이 될 수 있으므로, 사찰의 격이 아주 높은 것을 보여준다. 그러나 엔랴쿠지를 비롯한 연호가 사찰 이름이 된 기존의 사찰들이 크게 반발했고 결국 연호를 빼고 사찰 이름이 레이키잔덴류시세젠지靈龜山天龍資聖禪寺로 바뀌었다.

그런데 거대한 선종 사찰을 건립하려면 막대한 자금이 필요했다. 다이묘大名(일본 각 지방의 영토를 다스렸던 영주들)의 장원 기부금으로는 도저히 마련할 수 없었다. 무소국사는 자금을 조달하기 위해 원나라에 독자적으로 무역선을 보내는 것을 제안했다.

마침내 막부의 허가를 받아서 '덴류지선天龍寺船'이 파견되었다. 당시의 자료에 의하면 상인이 선장이 된 이 무역선으로 인해 백배百倍의 이익을 얻었다고 한다. 이런 방식으로 사찰 건립이나 수리 등의 비용을 마련하기 위해 파견된 무역선이 덴류지선 이전에는 가마쿠라의 겐초지선建長寺船 등 전례가 있다. 당시 무역선에는 선승들이 타고 일본과 원나라를 왕래했으며 이는 일본의 선종 보급에 영향을 주었다.

덴류지 칠당가람이 완성되자, 1345년 무소국사를 도사導師로 한 개당開堂법회가 열렸다. 1386년엔 덴류지는 교토오산京都五山의 1위가 되었다. 교토오산이란 도후쿠지를 소개했을 때 설명했듯이 중국의 오산제도에 의하여 선정된 임제종 5대사찰이다.

14세기 중반에 일어난 화재를 비롯하여 8번 대화재의 피해를 입어 소실과 재건을 반복했다. 메이지 시대의 폐불훼석 때 사찰 땅이 메이지 정부에 많이 수용되어 버리고, 현재 사찰 경내지는 원래의 10분의 1정도가 되었다. 현재 경내에 있는 건물 대부분이 메이지 시대에 재건된 것이다.

이런 어려움을 겪어도 창건 당시의 모습을 여전히 유지하는 것이 무소국사가 설계한 정원이다. 무소국사는 많은 제자를 키우고 무로마치 시대에 임제종을 발전시킨 뛰어난 스님이었을 뿐만 아니라 다수의 정원을 설계한 분이다. 연못 소겐치曹源池를 중심으로 만들어진 덴류지 정원이 일본 정원문화에 큰 영향을 준 중세에 만들어진 대표적인 정원이다. 또 일본의 사적·특별명승 제1호이고 세계문화유산으로 지정된 정원이다. 크고 작은 돌이 절묘하게 배치되어 있는 이 정원은 약동감이 있으면서도 섬세한 풍취가 있어 시원하게 보인다.

소겐치 소겐치란 이름은 무소국사가 연못에서 발견한 '소겐잇테키(모든근원)'이라 적힌 돌에서 비롯되었다.

무소국사는 이 아름다운 정원을 통해서 선禪의 마음을 표현했다. 무소 국사가 아시카가 장군의 동생인 다다요시의 물음에 대해 대답한 것을 저 술한 『무추몬도슈夢中問答集』라는 법어法語가 있는데 여기에 무소국사의 정원 에 대한 생각이 담겨있다.

"산수山水에는 득실得失이 없다. 득실은 사람의 마음에 있다."

무소국사의 유명한 말이다. 정원을 좋아하는 것은 나쁜 일이 아니지 만 좋은 일이라고 말할 수도 없다. 정원 자체에는 이해득실利害得失이 없다. 그것은 정원을 보는 사람의 마음에 달려있다. 진심으로 정원을 좋아하는 것도 아니면서 단지 저택을 자랑하기 위해 정원을 꾸미는 사람, 그냥 많 은 것을 소유하고 싶어서 정원을 만드는 사람, 그런 류의 욕심이 많은 사 람들이 산수를 사랑하는 것도 아니고, 자연의 아름다움 또한 이해할 수도

덴류지의 고리 원만한 곡선의 맞배지붕과 흰 벽은 덴류지 고리의 특징이다.

없다. 현대인들에게도 통하는 귀중한 말이 아닌가.

방장, 정원을 관람할 때는 고리에서 입장료를 지불한다. 이 티켓으로 대방장大方丈, 소방장小方丈(書院), 다보전多寶殿에 들어갈 수 있고, 정원도 관람할 수 있다. 고리 옆에 있는 매표소에서는 정원만 들어갈 수 있는 티켓을 판매한다. 가능하다면 방장에 올라가서 정원을 구경하는 것을 권하지만 시간의 여유가 없을 때는 정원만 관람하는 것만으로도 충분하다고 자신할 만큼 정원은 한번쯤 볼 가치가 있다.

소겐지에서 북쪽 방향으로 걸어가면 고다이고 천황상을 안치한 다보전이 있다. 벚꽃으로 유명한 덴류지에선 특히 다보전 주변에 피는 벚꽃이 예쁘다. 다보전 서쪽에 있는 '망경望京의 언덕'에 올라가면 덴류지 벚꽃의 아름다움을 다른 각도에서 즐길 수 있다. 다보전에서 더 북쪽으로 가

면 백화원百花苑이다. 여기서
피는 꽃이 종류도 다양하고
정말 예쁘다. 한국 분들에
게 익숙한 개나리나 진달래
도 있다. 백화원에서 꽃이
름을 손으로 직접 써서 표
시하고 있는데 일본어뿐만
아니라 영어, 중국어, 한국
어로도 적혀있어 사찰 관계
자의 배려와 따뜻한 마음을
느낀다.

운룡도 법당 천장에 있으며 공개기간이 정해져 있다.

운룡도 공개일	토요일, 일요일, 공휴일
공개 시간	9:00 ~ 17:00
요금	500엔 (미취학 아동 무료)

※ 봄, 여름, 가을 특별 참배 기간은 매일 공개

토요일과 일요일, 국경일, 그리고 봄과 가을 특별 공개 기간에는 대방
장 앞에 있는 법당에 들어갈 수 있다. 입장료는 법당에서 지불한다. 법당
에는 본존 석가여래상, 무소국사상 등이 안치되어 있는데, 천장에 그려진
운룡도雲龍圖도 관람할 수 있다.

이 운룡도는 현대 일본화 거장인 가야마 마타조加山又造(1927~2004)화백에
의하여 1997년에 그려진 것이다. 운룡도는 도후쿠지, 난젠지, 쇼코쿠지相國
寺 등 선종사찰 법당 천장에도 그려져 있다. 수신水神으로서의 용이 법당 천
장에 그려진 이유는 용이 불법의 은혜를 법우法雨로 내리고 또 화마를 쫓
아내고, 사찰가람의 화재를 예방한다는 설명이 있다. 사찰마다 운룡도 공
개기간이나 공개방법이 다르지만 운룡도를 보러 교토 선종사찰을 돌아다
니는 것도 괜찮다.

덴류지 주변 볼거리

일본 대표적인 경승지인 사가노·아라시야마는 볼거리도 많고 범위도 넓어 짧은 시간에 다 돌아다닐 수는 없다. 한나절 정도라면 덴류지를 중심으로 주변 볼거리를 보는 것이 좋다. 다행히 아라시야마의 상징으로 사진이 자주 나오는 도게쓰쿄渡月橋와 죽림이 덴류지에서 가까운 위치에 있다. 덴류지 경내의 백화원 쪽에 있는 북문北門으로 출입할 수 있다. 북문을 나가면 바로 죽림이다. 죽림을 가기 위해 서쪽으로 올라가면 오코치산소大河內山莊라는 정원이 있다. 원래 배우 별장이었던 오코치산소는 조망도 좋고 말차와 일본과자를 맛볼 수 있다. 그곳에서 바라보는 만산에 피는 벚꽃이나 단풍이 정말 아름답고 감동적이다. 사가노·아라시야마에는 사찰도 많은데 각자 개성이 있는 매력적인 사찰이다. 그 중에서 덴류지 외에 하나만 고른다면 나는 다이카쿠지大覺寺를 추천한다. 원래 사가 천황의 이궁이었던 다이카쿠지는 대하사극이나 드라마 촬영지로도 유명하다. 덴류지에서 좀 멀지만 우아한 건물을 구경할 수 있어 가볼만하다.

사가노·아라시야마에는 전차로는 JR, 한큐, 노면전차로 갈 수 있고, 버스로도 가능하다. 자전거 렌탈 서비스를 이용하면 더 효율적으로 답사할 수 있다.

덴류지

관람 시간 8:30 ~ 17:30(북문은 17:00에 폐문)

관람료

	성인 (고등학생 이상)	초등학생 / 중학생	미취학 아동
정원	500엔	300엔	무료
사찰	정원 요금에 300엔 추가		

다이카쿠지

관람 시간 9:00 ~ 17:00

관람료 **성인 500엔, 초·중·고등학생 300엔**

※ 모두 2018년 기준

덴류지 가는 길

게이후쿠 덴데쓰 아라시야마선	아라시야마역 → 도보 5분
JR사가노선	사가아라시야마역 → 도보 13분
한큐선	아라시야마역 → 도보 15분
시 버스	11, 28, 93번 → 아라시야마텐류지마에 하차
교토 버스	61, 72, 83번 → 게이후쿠아라시야마마에 하차

덴류지 주변 지도

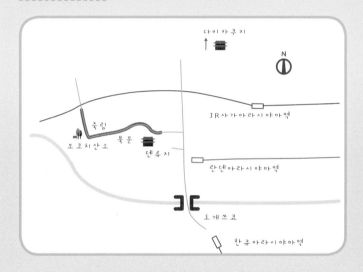

물에 비친 금각金閣 무상함을 전하네

킨카쿠지

도다이지, 기요미즈데라와 함께 외국인 방문객의 일본 명소 인기 랭킹 상위권에 들어가는 킨카쿠지金閣寺는 눈부시게 금빛나는 아름다운 모습으로 방문객을 맞이한다. 이전에는 여름이나 겨울에 비교적으로 사람이 많지 않았으나 요즘엔 계절에 상관없이 많은 방문객이 킨카쿠지를 찾아간다. 특히 화려한 것을 선호하는 중국계 방문객의 인기를 끌고 있다. 한국 한자 발음으로 '금각사金閣寺', '은각사銀閣寺'라고 표기하는 두 사찰이 일본어 발음을 한글로 표기하면 똑같은 '긴카쿠지'가 된다. 그래서 구별하기 위해 금각사를 '킨카쿠지'라고 표기한다.

킨카쿠지 정식 명칭이 로쿠온지鹿苑寺라고 한다. 현재 킨카쿠지가 있는 곳이 원래 무로마치막부室町幕府 3대 장군인 아시카가 요시미쓰足利義滿(1358~1408)의 별장 기타야마전北山殿이 있었다. '로쿠온'은 요시미쓰의 법호인 '로쿠온인鹿苑院'에 유래된다. 킨카쿠지라는 이름이 널리 알려진 것이 에도 시대에 들어서다. 요시미쓰는 황실이 남조南朝와 북조北朝로 대립했던 것을 통일시키고 막부의 전성기를 이루었다.

기타야마전 이전에는 귀족 가문의 별장, 그리고 별장 안에는 사찰도 있었던 이 땅에 14세기 말에 요시미쓰가 기타야마전 건립을 시작하고 여

킨카쿠지 금을 입혀 화려한 킨카쿠지는 많은 관광객들이 찾는 곳이다.

기에 천황을 초대해서 성대한 연회를 열었다. 명나라 사신을 맞이하기도
했다.

1408년에 요시미쓰가 세상을 떠난 후 기타야마전의 대부분이 해체
되어 다른 사찰로 옮겨졌다. 유일하게 남은 것이 훗날 킨카쿠라고 불리는
사리전舍利殿과 정원이었다. 이 사리전을 중심으로 창건된 사찰이 바로 킨
카쿠지다. 1420년 무렵에 덴류지 개산조사인 무소국사를 권청개산勸請開山
으로 기타야마전이 로쿠온지가 되었다고 전한다(권청개산이란 실제 개산이 아니라 신앙
상 과거의 사람을 개산으로 할 때 그 사람을 가리키는 말이다).

3층으로 구성되는 킨카쿠는 2층과 3층에 금박을 입혔다. 금박이 없는
법수원法水院(호수인)이라고 불리는 초층은 천황이 거주하는 고쇼御所 건물을
모델로 만들어진 것이고, 그 안에 보관석가여래상, 요시미쓰 초상조각상
이 안치되어 있다. 연못인 교코치鏡湖池 뒤에 있는 킨카쿠는 초층의 창문이
열려 있어 그 모습을 멀리서 볼 수 있다. 2층은 무가武家 주택 양식의 영향
을 받은 조음동潮音洞이라고 하는 관음상과 사천왕상이 안치되어 있는 공
간이다. 3층은 굿쿄초究竟頂라고 불리는 선종 양식으로, 한가운데 사리함이
안치되어 있다.

킨카쿠지 내부관람은 불가하며 연못을 끼고 둘레길이 있어 한 바퀴 돌 수 있다.

킨카쿠를 대표로 하는 무로마치 시대에 꽃 피는 문화를 기타야마 문화라고 부른다. 기타야마 문화는 황실의 전통 문화와 대륙 문화를 기반으로 하는 것이 특징으로 킨카쿠를 보면 그 맛을 느낄 수 있다.

킨카쿠 봉황상

창건 후 큰 전란이나 화재를 겪으며 버텨오고, 살아남은 킨카쿠였지만, 1950년에 방화로 건물과 안에 있던 문화재 6점이 소실되었다. 범인은 킨카쿠지의 21세 학승이었다. 이 사건을 소재로 만들어진 소설이 미시마 유키오三島由紀夫(1925~1970)의 『킨카쿠지』인데 한국어로 번역되어 있다. 다행히 메이지 시대에 킨카쿠를 해체·수리했을 때의 기록이 남아 있어 이것을 기반으로 1955년에 복원되었다. 또 1987년에 보통 금박보다 5배 두꺼운 금박을 입혔다.

킨카쿠는 신록과 잘 어울리고 단풍과도 잘 조화된다. 하지만 내가 개인적으로 가장 감동을 받은 것이 눈이 내리는 킨카쿠다. 교토는 겨울이 몹시 추워도 눈이 자주 내리지는 않아서 눈 내리는 날의 킨카쿠 풍경을 볼 기회가 별로 없지만 독자 분들에게는 이런 기회가 주어지기를 바란다.

료안지

'일본의 미美'라고 하면 떠오르는 것의 하나가 가레산스이枯山水 정원이다. 일본 정원 양식의 하나인 가레산스이는 물을 사용하지 않고 돌과 모래 등으로 산수의 풍경을 표현하는 정원이다. 무로마치 시대에 수입한 중국 산수화의 영향을 받으면서 특히 선종 사찰에서 만들어지고 발달했다.

일본어로 가레산스이를 검색하면 사찰 이름이 속속 나오는데 일본 여행 때 짧은 시간에 일본의 아름다움인 가레산스이를 즐기기 위해 정원을 하나만 고른다면 나는 료안지龍安寺 석정石庭을 추천한다. 일본을 대표하는 가레산스이라는 것도 물론이지만, 료안지는 킨카쿠지에서 가까워 일본 명찰名刹을 한꺼번에 돌아다닐 수 있고 예약하지 않고도 편하게 찾아갈 수 있기 때문이다.

료안지 자리에는 10세기 말에 천황의 발원으로 건립된 사찰이 있었고, 12세기 중반에 후지와라 가문의 귀족이 여기에 산장山莊과 사찰을 지었다. 무로마치 시대에 들어 장군을 보좌하는 관령管領 직을 맡은 호소카와 가쓰모토細川勝元(1430~1473)가 이 땅을 양도받아 1450년에 기텐겐쇼義天玄承(1393~1462) 선사를 개산으로 료안지를 건립했다. 가쓰모토는 기텐겐쇼 선사에 깊이 귀의했었다. 두 분의 관계는 마치 북송北宋 용안산龍安山 도솔사兜率寺의 종열從悅 선사와 재상宰相 장상영張商英의 깊은 관계와 비슷하다고 해서 사찰 이름이 료안지가 되었다.

료안지는 1467년에 시작된 교토를 중심으로 벌어진 큰 전란으로 소실되었다. 불행하게도 가쓰모토는 그 전란 가운데 중심 인물의 하나였다. 가쓰모토가 죽은 후 가쓰모토 아들이 사찰 재건에 나섰다. 석정은 그 때 만들어졌다고 전한다.

료안지 석정 중국 산수화의 영향을 받은 가레산스이식 정원이다.

나무도, 풀도, 꽃도 없고, 하얀 모래白砂와 돌만으로 구성된 약 250제곱미터 넓이인 이 석정은 수수께끼가 많은 신비로운 정원이다. 누가 만들었는지에 대해서는 여러 가지 주장이 있으나 명확하지 않고 무슨 의도로 만들어졌는지 미스터리이다. 먼저 고리庫裏에 들어가 입장료를 지불한 후, 석정으로 나아가면 석정 동쪽이 나온다.

석정에는 동쪽에서 서쪽으로 5개, 2개, 3개, 2개, 3개씩 무리지어 있는 합쳐서 15개의 크고 작은 돌이 배치되어 있다. 특별히 귀한 명석名石도 아닌 이 돌들이 산이나 다리 등 무엇을 상징하는지도 밝혀지지 않고, 간소하고 추상적인 조형으로, 그 절묘한 배치가 매력적이다. 일본인들이 15개의 돌이 표현하는 것에 대해 해석하려고 했다.

유명한 것이 호랑이 새끼가 강을 건넌다는 설이다. 새끼 중 한 마리가 사나워서 어떻게 새끼들을 데리고 강을 건너면 사나운 새끼가 다른 새끼를 잡아먹지 않고 무사히 건널 수 있을까라는 중국 고사에서 유래된 것인데 돌이 마치 어미 호랑이가 새끼 호랑이들을 데리고 강을 건너는 모습으로 보인다는 것으로 나타난 설이다. 그런데 나는 개인적으로 석정이 표현하는 것을 추구할 필요는 없고, 그냥 마음대로 관상하면 된다고 생각한다.

추상적이면서 해석이 어려운 석정이지만 긴장감이 없고 편하게 마음에 다가온다. 그것은 석정을 둘러싸고 있는 흙담 때문이다. 낮고 갈색인 아부라도베이油土塀라고 불리는 이 흙담 자체가 유명하다. 유채나 찹쌀을 씻고 생긴 물을 섞어 반죽한 흙으로 흙담을 만듦으로써 더욱 강고하게 되고 방수성防水性도 높아진다고 한다. 멋지면서도 실용성이 있는 담장이다. 만약 담장이 높고 흰색이었다면 석정의 인상이 전혀 다르게 보일지도 모른다.

오래 전부터 개성적인 정원으로 알려진 료안지 석정이었지만, 일반

료안지 방장 내부 안에 못 들어가지만 툇마루에서 방장 내부의 넓은 공간을 구경할 수 있다.

사람들이 관심을 갖게 된 것은 20세기 중반부터였다. 서양의 작가나 철학자 등 문화인들이 료안지 석정을 방문해 칭찬한 후, 세계에서 가장 유명한 일본 정원이 되었다. 특히 1975년에 영국 엘리자베스 여왕이 료안지 석정을 방문해 크게 칭찬한 것이 유명하다.

석정 북쪽엔 방장이 있다. 방장 남쪽에 있는 긴 툇마루에 앉아서 석정을 바라볼 수 있는데 항상 사람이 많고 반드시 외국인 방문객이 있다. 종교도 다르고 문화 배경도 다른 사람들이 각자 석정을 보고 느끼는 것, 석정을 관상하면서 생각하는 것이 다를지도 모르지만 국경을 넘어 석정을 즐길 수 있는 것 차제가 좋은 일이라고 나는 생각한다.

킨카쿠지와 료안지 답사 안내

킨카쿠지는 임제종 쇼코쿠지相國寺파, 료안
지는 임제종 묘신지妙心寺파에 속하다. 쇼코
쿠지, 묘신지는 킨카쿠지, 료안지처럼 유네
스코 세계문화유산으로 지정되어 있지는 않
지만 가볼만한 사찰이다. 쇼코쿠지, 묘신지
에서 운룡도도 볼 수 있다. 또 쇼코쿠지에
있는 조텐카쿠承天閣 미술관에서는 킨카쿠지
의 장벽화가 전시되어 있다. 중요문화재로
지정되어 있는 이 장벽화는 에도 시대의 유
명한 화가 이토 자쿠추伊藤若冲(1716~1800)에
의하여 제작된 것이다. 좋은 전시가 많은 이
미술관도 가 볼만하기에 추천한다.

묘신지 법당

킨카쿠지

관람 시간 9:00 ~ 17:00
관람료 성인(고등학생 이상) 400엔, 초등·중학생 300엔

료안지

| 8:00 ~ 17:00 | 3월 1일 ~ 11월 30일 |
| 8:30 ~ 16:30 | 12월 1일 ~ 2월 말 |

관람료 성인(고등학생 이상) 500엔, 초등·중학생 300엔

※ 모두 2018년 기준

킨카쿠지와 료안지 가는 길

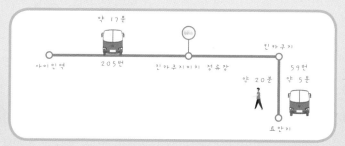

대중교통으로 킨카쿠지에 갈 때는 버스를 타고 가는데 어디서 몇 번 버스를
타면 될지 고민할 것이다. 킨카쿠지 바로 앞에 있는 정류장이 킨카쿠지마에前
이다. 킨카쿠지미치道 정류장에서 내리고 걸어가도 된다.

나는 오사카 우메다역에서 한큐를 타고 사이인西院역에서 내리고 205번 버스
를 타고 킨카쿠지미치에서 내린다. 이런 식으로 가면 버스를 타는 시간이 길지
않아 비교적으로 편하다. 킨카쿠지에서 료안지까지는 걸어서 20분 정도인데
버스를 타고 갈 수도 있다. 료안지에서 다른 곳에 갈 때는 버스도 있고, 10분
정도 걸어가면 노면전차 료안지역이 있다. 료안지에서 닌나지도 가깝다.

킨카쿠지와 료안지 주변 지도

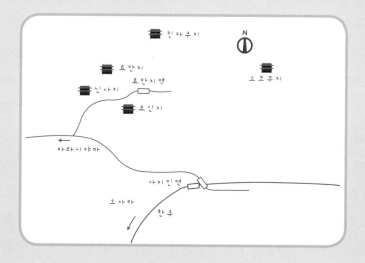

긴카쿠지銀閣寺와 난젠지南禪寺

'철학의 길' 남북에 조성된 아름다운 고찰古刹

긴카쿠지

은각사. 일본어 발음을 한글로 표기하면 긴카쿠지銀閣寺. 긴카쿠지라고 하면 킨카쿠지가 짝으로 떠오른다. 그렇다고 이 두 사찰이 동시대에 지어진 것은 아니다. 킨카쿠지는 15세기 전반 무로마치 막부 3대 장군에 의하여, 긴카쿠지는 15세기 후반 8대 장군에 의하여 지어진 것이다. 또 킨카쿠지는 사찰 전각에 금박이 입혀져 있어 금빛이 나지만, 긴카쿠지 전각에는 은박이 입혀 있지 않다.

긴카쿠지는 교토 동쪽 벚꽃으로 유명한 '데쓰가쿠노 미치哲學の道' 북쪽 기점 가까이에 있다. 임제종 쇼코쿠지파에 속하는 선종 사찰이고, 정식 명칭이 긴카쿠지가 아니라 도잔 지쇼지東山慈照寺라고 한다. '지쇼'는 8대 장군인 아시카가 요시마사足利義政(1436~1490)의 법호에서 유래되었다. 1482년에 요시마사가 자신의 은거처로 건립을 시작한 별장인 히가시야마전東山殿이 긴카쿠지의 시작이다.

3대 장군 아시카가 요시미쓰의 손자인 요시마사는 8세라는 어린 나이로 8대 장군이 되었다. 막부의 전성기를 이룬 요시미쓰 시절과 달리 이때는 쓰치잇키土一揆라는 농민의 민란이 자주 일어나 막부의 권세가 많이 약해졌다. 가뭄과 역병 등으로 죽은 사람도 많아 사회가 혼란스러웠다. 요

긴카쿠지 킨카쿠지와 다르게 은박을 입히지 않았다.

시마사는 장군 자리를 내놓고 싶다는 생각이 들었다. 문제는 후계자였다. 후계자 문제를 계기로 막부의 관계자들 사이에 갈등이 생겨 큰 전란이 일어났다.

그것이 바로 교토를 불바다로 바꾼 1467년 오닌의 난이다. 요시마사는 1473년에서야 장군 자리를 아들에게 물려주었고, 1477년 마침내 오닌의 난이 종결되자 젊었을 때부터 갖고 싶었던 별장 짓기를 시작했다. 그것이 위에서 말한 히가시야마전이다. 요시마사가 1490년에 세상을 떠나면서 남긴 유언이 무소국사를 권청 개산으로 한 선종 사찰, 바로 오늘날의 도잔 지쇼지·긴카쿠지가 되었다.

요시마사는 정치적으로도 성과가 없었고 정치가로서의 평가도 좋지 않았지만, 문화인으로서는 탁월한 재능이 있었다. 그는 세상을 떠날 때까

지 별장에서 중국 회화, 도자기, 칠기 등으로 실내를 꾸며 자노유茶の湯(일본의 茶道)나 렌가連歌(일본의 전통적인 시 형식의 하나)를 즐겼다. 예술적인 재능이 뛰어난 사람을 찾아내는 눈도 높았다. 요시마사는 신분에 관계없이 실력이 있는 사람을 중용하였으며 그런 사람들을 정원 조영, 장벽화 그리기 등에 임용했다.

요시마사 시대에 꽃피운 문화를 히가시야마 문화라고 부른다. 자노유, 렌가, 화도(꽃꽂이), 노能(전통 가무극), 정원 등 다양한 예술이 발달한 히가시야마 문화는 일본 전통 문화의 뿌리가 되어서 오늘날의 생활 문화까지 잇닿아 있다. 헤이안 시대의 궁중 문화, 요시미쓰 시대의 기타야마 문화처럼 화려하지는 않지만, 간소하면서도 세련되고 기품이 있는 히가시야마 문화에는 일본 문화의 대명사라고 할 수 있는 '와비', '사비'가 가득하다.

현존하는 창건 당시의 건물이 긴카쿠와 동구당東求堂(도구도)이고 이는 모두 국보로 지정되어 있다. 요시마사가 완성된 모습을 보지 못한 긴카쿠는 원래 관음전觀音殿이라고 불렸다. 이끼로 유명한 사이호지西芳寺의 유리전瑠璃殿과 요시미쓰의 킨카쿠를 모델로 지어졌다고 전하는 긴카쿠는 2층으로 구성되어 있고, 초층에는 작은 지장보살좌상, 그 주위에 더 작은 천체지장보살입상이 안치되어 있고, 선종 불전 양식인 2층에는 관세음보살좌상이 봉안되어 있다. 그런데 긴카쿠라고 하면 원래 은박이 입혀 있었는지 없었는지에 대해서 논의가 있었다.

2007년에 실시된 엑스선 조사 결과, 은박이 입혀지지는 않았던 것으로 판명되었다. 은박을 입힐 계획이었다가 요시마사의 죽음으로 실현되지 않았다라는 주장도 있지만, 원래 긴카쿠라는 명칭은 에도 시대의 자료에서 나온 것이지 창건 당시의 이름이 아니다.

아마도 긴카쿠는 에도 시대에 킨카쿠에 대비해 만들어진 명칭이라고

긴카쿠지 동구당 국보로 지정되어 있으며 현존하는 가장 오래된 서원 건조물이다.

볼 수 있다. 어떤 외국 사람이 은빛나는 건물을 기대하고 가봤더니 은박이 없어서 실망했다고 했지만 히가시야마 문화의 특징으로 보면 은박을 입힐 계획이 아예 없었다고 볼 수도 있다. 은박이 없어도 긴카쿠는 반짝반짝 빛을 내며 아름다운 모습으로 방문객을 맞이한다.

난젠지

난젠지南禪寺는 철학의 길 남쪽 기점에서 더 남쪽에 위치한다. 철학의 길 주변에 있는 사찰 중에서도 긴카쿠지, 난젠지는 이 지역의 대표적인 사찰이다.

난젠지 창건은 긴카쿠지보다 200년 전인 13세기 가마쿠라 시대이다. 지금 난젠지 자리에는 원래 가메야마 천황龜山(1249~1305)이 지은 이궁이 있었다. 이궁에서는 밤마다 나타나는 요괴에 시달렸다. 그 때 법황法皇(출가한 태상황)이 되었던 가메야마가 고승에게 부탁해서 요괴를 없애려고 기도했으나 효과가 없었다. 그래서 도후쿠지의 스님에게 기도를 부탁했더니 효과가 있었다. 그 후 가메야마 법황이 선사에게 깊이 귀의하여 1291년 이궁을 선종 사찰로 바꾸었다. 처음엔 사찰 이름이 젠린젠지禪林禪寺였다가 중국에서 일본에 전한 선종이 남종선南宗禪이어서 난젠지로 바뀌었다.

도후쿠지, 덴류지를 소개했을 때 언급한 교토 5산은 교토에 있는 임제종 5대 사찰이다. 14세기 후반에 3대 장군 아시카가 요시미쓰가 사찰 등급을 매길 때 난젠지를 5대 사찰보다 더 지위 높은 별격의 오산지상五山之上이라는 지위로 선정했다. 난젠지는 높은 사격에 어울리는 걸출한 선승들을 역대 주지로 모시고 그 사세를 자랑했다. 안타깝게도 3번에 걸친 대화재로 가람이 전소되어 창건 당시의 전각이 하나도 남아 있지 않다. 현존하는 건물은 에도 시대 초기 이후에 재건된 것이다. 그래도 국보나 중요문화재로 지정되어 있는 건물이나 장벽화 등이 볼만하다.

난젠지에서 입장료를 지불하고 들어갈 수 있는 곳은 주로 삼문, 방장, 난젠인南禪院이다. 천장에 운룡도가 그려져 있는 법당은 못 들어가고 밖에서 안을 구경한다. 지온인知恩院, 닌나지仁和寺와 함께 '교토 3대문'으로 꼽히

난젠지 법당 천장에 운룡도가 있으며, 입장이 불가하다.

는 난젠지 삼문은 높이 약 22미터, 2층 누각으로 훌륭한 문이다. 중요문화재로 지정되어 있는 난젠지 삼문은 도쿠가와 이에야스德川家康와 도요토미 히데요시豊臣秀吉의 아들인 히데요리秀頼를 중심으로 한 도요토미가豊臣家 사이에서 벌어진 전투에서 희생된 사람들의 명복을 빌기 위해 1628년에 건립된 것이다. 일반 방문객은 2층에 올라갈 수 있다.

2층 내부에는 보관석가여래상을 중심으로 16나한상 등이 안치되어

삼문 높이가 22미터인 2층 건물로 교토시를 내려다 볼 수 있다.

있고 천장과 벽에 화려한 봉황, 비천상이 그려져 있다. 2층 건물 안으로 들어갈 수는 없지만 밖에서 내부를 구경할 수 있다. 2층에서 바라보는 경치도 아주 좋다.

난젠지 방장은 1611년에 고쇼御所의 건물을 하사받았다고 전하는 대방장大方丈과 후시미성伏見城의 건물을 옮겼다고 전하는 소방장小方丈으로 구성되어 있다. 이는 모두 국보로 지정되어 있다. 방장 하이라이트는 가노파狩野派 일문에 의하여 그려진 장려한 장벽화다. 가노파란 요시마사를 모신 가노 마사노부狩野正信를 시조로 하는 무가武家를 모셔 번영한 화가 일문이다.

특히 유명한 것은 소방장에 있는 군호도群虎圖다. 일본에는 호랑이가

난젠인 오닌의 난때 황폐화 되었지만 에도 시대때 재건되었다.

없기 때문에 아마도 수입한 호피를 참고로 해서 그린 것으로 생각된다. 줄무늬가 아니라 반점이 있는 표범을 닮은 것도 그려져 있어 해설원에게 물어보았더니 암컷 호랑이라고 한다. 또 방장에 있는 정원은 품격이 있는 가레산스이 정원으로 알려져 있다.

　　방장 남쪽에 있는 난젠인에는 창건 당시의 모습을 보여주는 정원이 있다. 오닌의 난 이후 오랫동안 황폐되었으나 에도 시대에 재건되었다. 난젠지 주변에 있는 탑두 사원도 명원名園이 많아 난젠지 일대 전체가 정원이라는 느낌이 든다.

긴카쿠지와 난젠지 답사 안내

긴카쿠지와 난젠지 쪽에 대중교통으로 갈 때는 버스를 타고
간다. 난젠지는 지하철 동서선東西線 게아게蹴上역에서도 가
까워 나는 게아게역을 자주 이용한다.

난젠지에서 가람과 난젠인 사이에 있는 수로각水路閣도
놓치지 마시길 바란다. 수로각은 메이지 시대에 만들어진
수도교水道橋인데 비와코 물을 교토로 끌어들이는 비와코
소수琵琶湖疎水의 수로가 벽돌 아치 위에 흘러 지나가고 있
다. 위에 올라가면 빠르게 흐르는 물길을 바라볼 수 있다. 아
치 주변에는 아름드리나무가 있다. 특히 단풍과 아치의 경치가
아름다워서 많은 사람이 사진을 찍으러 가을이면 찾는 곳 가
운데 하나다.

난젠지 경내를 나와 북쪽으로 걸어가면 오른쪽에 에이칸
도永觀堂라는 단풍으로 유명한 사찰이 있다. 난젠지, 긴카
쿠지 일대는 에이칸도, 센오쿠하쿠코칸泉屋博古館, 호넨인
法然院 등 볼거리가 많다.

긴카쿠와 함께 창건 당시의 건물로 알려진 동구당東求堂(도구
도)은 매년 봄과 가을만 공개된다.

긴카쿠지

관람 시간

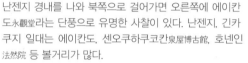

8:30 ~ 17:00	3월 1일 ~ 11월 30일
9:00 ~ 16:30	12월 12일 ~

관람료 성인(고등학생 이상) 500엔, 초등·중학생 300엔

난젠지

관람 시간 (입관은 관람 시간 종료 20분 전까지)

8:40 ~ 16:30	12월 1일 ~ 2월 28일
8:40 ~ 17:00	3월 1일 ~ 11월 30일

관람료

	방장	삼문	난젠인
성인	500엔	500엔	300엔
30명 이상의 단체	400엔	400엔	250엔

※ 모두 2018년 기준

철학의 길 주변 지도

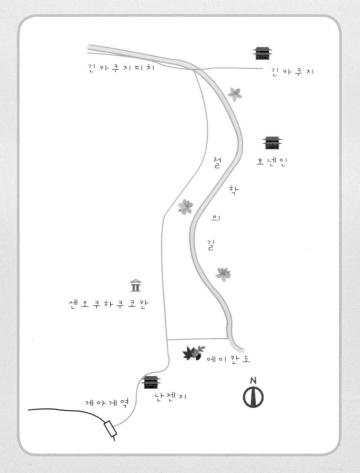

'철학의 길'은 긴카쿠지 입구부터 남쪽으로 약 1.2킬로미터 떨어진 구마노냐쿠오지 신사 입구까지 이어지는 산책로를 의미한다. 일본의 철학자 니시다 기타로가 이 길을 산책하면서 사색을 즐겼다고 해서 철학의 길이라는 이름이 붙었다. 봄의 벚꽃풍경과 가을의 단풍이 예쁜 곳이다.

조루리지淨瑠璃寺와 간센지岩船寺

석불 마을 대표하는 아름다운 고찰들

교토와 나라 경계쯤에 석불 마을로 알려져 있으면서 산책로로 사랑을 받고 있는 도노當尾라는 지역이 있다. JR이나 긴테쓰 나라역에서 버스를 타고 20~30분 정도 가면 되는 곳이다. 그 마을이 나지막하고 가파르지 않은 산속에 있어서인지 그곳에 가면 부드럽고 따뜻한 느낌을 받는다. 이번에는 도노를 대표하는 조루리지淨瑠璃寺와 간센지岩船寺를 소개하고자 한다. 옛날부터 나라 불교의 성지였던 도노는 교토 남쪽에 위치해 있으며 큰 사찰의 스님들이 도시를 떠나와서 수행정진을 했던 곳이다. 사찰 주소는 교토부이지만 역사적으로 나라 불교의 영향을 받아왔고, 지금도 나라에서 찾아가는 것이 훨씬 더 편하기 때문에 나라 가이드북에 자주 나온다.

조루리지

조루리지淨瑠璃寺 창건에 대해서는 도래계 출신인 교키 스님에 의해 8세기에 창건되었다는 설 등이 있다. 하지만 사찰 연대표에는 1047년에 기묘義明 상인에 의하여 본당이 건립된 것을 사찰역사의 시작으로 표기하고 있다. 본당 내에는 본존으로 약사여래가 안치되어 있다. 조루리지라는 사찰 이름이 동방에 있는 약사여래의 정토인 정유리세계에서 유래된다.

1107년에 본당을 해체하고 새로 서당西堂이라는 건물을 짓고 약사여

조루리지 아미타당(본당) 구체아미타여래좌상이 안치되어 있고 아미타당. 구체아미타여래좌상 모두 국보로 지정되어 있다.

래를 옮겼다. 또 새 본당인 구타이아미다도九體阿彌陀堂가 세워졌고 다음 해 개안식開眼式이 봉행되었다.

　　조루리지 발전에 크게 기여한 사람이 고후쿠지 스님인 에신이었다. 에신이 1150년 조루리지에 들어와 경내를 정비했다. 땅을 파서 연못을 만들고 새로운 가람 배치를 정했다. 에신이 고후쿠지로 돌아간 후에도 경내 정비가 계속 진행되었고 1178년엔 교토에서 삼중탑을 조루리지로 옮겨왔다. 본존 약사여래가 삼중탑으로 이운 안치되었다. 연못을 중심으로 동쪽에 삼중탑, 서쪽에 아미타당(본당)이라는 현재의 가람 배치는 에신에 의하여 실현되었다고 할 수 있다.

조루리지 삼중탑 탑 내부에는 약사여래좌상이 안치되어 있다.

　　조루리지 가람 배치는 헤이안 시대 후반에 사람들의 마음을 잡은 정
토사상이 잘 나타나 있다. 해가 뜨는 동방은 생명이 태어나는 곳이고, 거
기서 사람들을 과거세에서 현세에 보내주는 역할을 하는 것이 삼중탑 초
층에 계시는 약사여래이다. 현세에서 어떻게 살면 될지를 가르쳐주고 번
뇌를 없애주는 역할을 하는 것이 석가모니불이다. 삼중탑 초층 문 내부에

는 석가모니불을 그린 그림이 있다. 약사여래와 석가모니불이 계시는 삼중탑은 과거세인 동시에 현세이기도 한다.

해가 지는 서방에는 내세인 서방정토가 있고 아미타여래가 계신다. 아미타여래 덕분에 사람들이 구세를 받고 극락왕생을 할 수 있다. 조루리지 좁은 공간에는 이렇게 전세, 현세, 내세가 다 표현되어 있다. 조루리지 경내에 들어가면 왠지 편한 느낌이 든다. 아마도 이 세상이 어떻게 구성되었는지에 대해 자신의 눈과 몸으로 깨닫기 때문에 불안한 마음이 사라지고 편안해 지는 것이 아닌가라는 생각이 든다.

헤이안 시대에는 불교의 역사관 중의 하나인 정법시·상법시·말법시란 3시 중 마지막 말법 시대가 1052년에 시작한다고 믿었다. 실제로 당시에는 화재, 지진, 홍수, 기근, 역병 등 재앙이 잇달아 일어났다. 유명한 뵤도인 아미타여래가 제작된 것도 이 시기였다. 깜깜하고 희망이 없는 현세에서 벗어나 좋은 내세가 올 것을 기원할 수밖에 없다는 생각으로 아미타 신앙이 유행했고 신앙의 대상인 아미타불이 많이 만들어졌다.

12세기 초 조루리지에서도 아미타여래가 제작되었다. 조루리지 아미타여래는 내영인來迎印을 하고 있는 중존中尊을 중심으로 정인定印을 하고 있는 좌우 8구가 있어서 구체아미타여래좌상이라고 불린다. 건물은 비좁지만 당당한 체구에서 박력이 뿜어져 나오고 법당 안에 엄숙한 느낌이 가득하다. 좌우 8구는 똑같아 보이지만 하나씩 미묘한 차이가 있다.

구체아미타여래는 『관무량수경』에 나오는 극락세계 아홉 가지 계층인 구품왕생九品往生에 의하여 제작된 것이다. 구타이아미다도(본당), 구체아미타여래좌상 모두 국보로 지정되어 있다. 구체아미타여래좌상은 아미타 신앙이 유행했을 때 많이 만들어졌지만 현재 아미타당에 구체아미타여래좌상이 안치되어 있는 곳은 조루리지 뿐이다. 정말 귀중하다.

조루리지가 소장하는 불상 가운데 중생에게 복덕을 주는 길상천吉祥天이 인기가 있다. 비불로 평소에는 아미타여래 중존 오른쪽에 있는 감실에 문을 닫아 모셔놓고 있지만 1월 1일~1월 15일, 3월 21일~5월 20일, 10월 1일~11월 30일에 특별 공개로 감실의 문이 열린다. 화려한 채색, 아름다운 모습. 어둡고 엄숙한 아미타당이 길상천 공개 기간에는 밝아진다. 또, 삼중탑 초층에 봉안된 약사여래는 매달 8일 등에 날씨가 좋을 때만 공개를 한다.

간센지

조루리지에서 고요하고 쓸쓸한 산책길을 30~40분 정도 걸으면 간센지巖船寺에 도착한다. 산 속에 있는 이 아담한 사찰은 꽃 사찰로 알려져 있고, 특히 초여름에 꽃피우는 다양한 색채의 수국이 유명하다. 가을 단풍도 아름다워 도시에서 떨어져 있음에도 불구하고 많은 사람이 찾아온다.

사전寺傳에 의하면 729년에 쇼무 천황의 발원으로 교키 스님이 아미타당을 건립한 것이 시작이라고 한다. 그리고 사가 천황의 명으로 구카이의 조카이고 제자인 지센智泉 스님이 황자 탄생을 기원했더니 효험이 있었다고 한다. 그 덕분에 813년 당탑이 세워져 가람이 정비되었고, 사찰 이름이 간센지가 되었다. 사찰이 번성했을 때 당탑이 39개에 달했고, 그 위용을 자랑했으나 13세기에 병화로 대부분 소실되었다. 15세기에 삼중탑이 재건되었고, 에도 시대에 들어와 도쿠가와가의 기진寄進으로 본당, 본존을 수리, 복원했다.

20세기 후반에 재건된 본당에는 본존 아미타여래좌상과 사천왕입상 등의 불상이 안치되어 있다. 높이 약 3미터, 느티나무 한 그루로 만들어져

간센지 금당 아미타여래좌상과 사천왕상이 안치되어 있다.

간센지 삼중탑과 수국 초여름에 방문하면 만개한 수국을 볼 수 있다.

중량감이 있는 아미타여래좌상은 양손으로 정인을 하고 결가부좌한 모습
이다. 불상 제작시기는 복장에서 나온 자료에 의하면 946년이라고 한다.
원만한 윤곽에 온화한 표정, 당당하고 두꺼운 몸체 등이 특징이며 10세기
중기를 대표하는 불상이다. 간센지 일대에는 질이 좋은 화강암이 많아 간
센지 경내에서도 석탑이나 석불 등 돌로 만든 것이 곳곳에 있다.

조루리지와 간센지 답사 안내

조루리지, 간센지가 있는 도노 지역은 화강암이 풍부하고 가마쿠라 시대를 중심으로 만들어진 석불이 많아 일본 '아름다운 역사적 풍토 100선選'의 하나로 뽑히고 석불이 있는 곳을 돌아다니는 산책로가 사랑을 받고 있다. 조루리지에서 간센지로 이어진 산책로가 좀 쓸쓸하지만 사찰 답사뿐만 아니라 석불도 즐길 수 있어 이 길을 걷는 것을 추천한다.

조루리지와 간센지 사이를 1시간 1번에 운행하는 버스도 있어서 편도로 이용하면 시간 절약도 할 수 있다. 산책로에 있는 석불 가운데 특히 마애아미타삼존상磨崖阿彌陀三尊像이 유명하다. 마애불 위에 있는 돌이 닫집처럼 지붕역할을 하고 있어 보존 상태가 아주 좋다. 입가에 미소를 띠는 것처럼 보여 '와라이보토케笑い佛'란 애칭으로 알려져 있다.

명문으로 석수가 도다이지 재건 때 활약한 송나라 출신 석수의 자손이라고 보는 설도 있다. 석불의 종류는 미륵보살, 아미타불, 부동명왕, 지장보살, 관음보살 등이 있으나 아미타불이 가장 많다.

아미타불을 본존으로 모셔놓은 조루리지나 간센지가 있는 도노에는 아미타신앙이 뿌리를 박았던 것이라고 생각된다. 도노에서 가장 오래되고 가장 큰 석불이 높이 약 2.6미터인 다이몬마애불大門磨崖佛이다.

조루리지와 간센지를 잇는 산책길 도중에서 서쪽으로 15분 정도 걸어가면 볼 수 있다. 마을 사람들이 대일여래로 여기고 있지만 아미타불 혹은 미륵보살이라는 주장도 있다. 제작 시기도 나라 시대, 헤이안 시대라는 설로 나뉘고 있다.

석불 산책로를 걸으면 야채 무인 판매소가 여기저기 있는 것이 인상적이다. 무인 판매소는 일본에서 시골에 가면 볼 수 있어 드문 것이 아니지만 도노의 무인 판매소는 물건을 그냥 놓고 파는 게 아니라 물건을 달아매고 팔고 있어 보기에도 즐겁고 예술적인 느낌까지 든다. 많은 것이 100엔이나 200엔짜리다. 여기의 특산물인 차도 봉투에 넣고 판매한다. 산 속의 아담한 사찰이나 석불을 지켜본 도노 주민들의 따뜻한 마음을 매달린 야채를 통해서 느낀다.

조루리지
관람 시간 9:00 ~ 17:00(12월 ~ 2월은 10:00 ~ 16:00)
관람료 성인 400엔

간센지
관람 시간 8:30 ~ 17:00 (12월 ~ 2월은 9:00 ~ 16:00)
관람료 성인 400엔, 중·고등학생 300엔, 초등학생 200엔

※ 모두 2018년 기준

조루리지와 간센지 가는 길

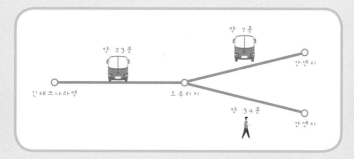

도노에 갈 때는 JR 혹은 긴테쓰 나라역에서 버스를 타는데 하루에 6번 밖에 없어 조심해야 한다. 또 JR가모역에는 하루에 8번 버스가 있어 가모역에서 갈 수도 있다.

조루리지와 간센지 주변 지도

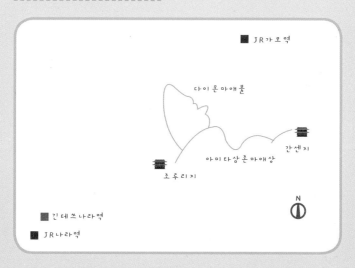

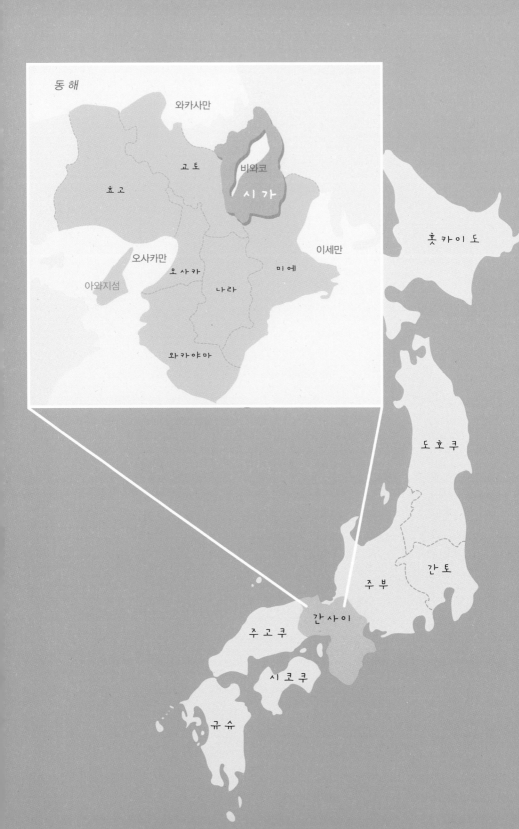

시가 지역
滋賀

햐쿠사이지百濟寺와 이시도지石塔寺 | 미이데라三井寺와 이시야마데라石山寺 | 엔랴쿠지延曆寺 | 고겐지向源寺와 관음마을

하쿠사이지百濟寺와 이시도지石塔寺

사찰 곳곳서 한반도 도래인渡來人 숨결 느끼다

나라와 교토는 명찰이 많아서 소개하고 싶어도 아직 못한, 가볼만한 사찰이 적지 않게 남아 있다. 이 사찰들을 소개하는 것도 괜찮지만 나는 한국 분들에게 꼭 소개하고 싶은 지역이 있다. 그곳이 바로 시가현이다.

최근 일본을 찾아오는 외국인 방문객이 연간 2,000만 명을 넘는 시대가 되었다. 특히 한국인이 현저히 늘어나고 있다. 내가 전차를 타면 한국어가 자주 들릴 정도다. 그런데 간사이 지방에서 외국인한테 압도적으로 인기가 있는 곳은 여전히 오사카와 교토이지만, 시가현을 찾아가는 외국인은 많지 않다. 시가현은 대중교통이 그리 발달된 편이 아니라서 찾아가는 것이 조금 불편하다. 그래도 교토에서 멀지 않고 역사적으로 한반도와 깊은 관계가 있어서 가 볼 만한 가치가 충분히 있다.

교토부 동쪽에 위치한 시가현에는 일본에서 가장 큰 호수인 비와코가 있고 자연 환경도 아주 뛰어나다. 환경이 좋고 교토나 오사카로도 출퇴근할 수 있는 거리여서 인구도 늘어나고 있다. 그러나 시가현의 인구는 오사카의 약 1/6에 불과하고 면적도 작은 편이라 지명도는 높지 않다. 실제로 방문하면 차창 풍경이 산과 들과 논밭, 그리고 주택밖에 눈에 들어오지 않아 시골이라는 느낌이 든다.

그러나 뜻밖에도 옛날에 '오미近江'라고 불리던 시가현은 '대국大國'이었다. 현재의 현縣에 상당하는 일본 각지에 있었던 '국'은 '대상중하大上中下'

비와코 시가현의 1/6을 차지할 정도로 큰 호수이며, 일본에서 가장 크다.

라는 4등급으로 랭크가 매겨졌는데 오미는 가장 큰 대국으로 매겨졌었다. 동일본과 서일본 중간에 위치하는 시가현은 옛날부터 교통의 요충지였다. 열차도 자동차도 비행기도 없던 시대에 중요한 교통수단이 수운水運이었다. 시가현 북쪽은 후쿠이현福井縣을 경유해서 동해로, 시가현 남서쪽은 강을 경유해서 오사카, 그리고 세토나이카이瀬戸内海로 이어져 있다. 동해쪽에서 배로 온 사람이나 물품은 비와코나 강을 통해서 교토나 오사카 쪽으로 날라졌다.

　　약 5년이란 짧은 기간이었지만, 7세기 후반에는 시가현으로 천도해 일시적으로 수도가 되었다. 천도의 이유는 밝혀지지 않았지만 도성을 만드는데 큰 힘이 되는 선진 기술을 갖고 있던 도래인들과 관계가 있었을 것으로 추측된다. 천도 이전에 이미 도래인이 시가현에 거주하고 있었는데 백제가 패망한 후 그 유민들을 일본에 정착시켰다.『일본서기』에 의하면 665년에 백제인 400여 명을, 669년에는 백제인 700여 명을 시가현 동쪽인 호동湖東에 정착시켰다고 한다. 이런 역사가 있어서인지 역시 시가현에는 도래인과 관련된 유적이 많다. 그 가운데 햐쿠사이지와 이시도지를 소개하고자 한다.

햐쿠사이지

석조미륵보살반가상

일본어로 '구다라'라고 발음하는 '백제百濟', 앞에서 말했듯이 백제와 일본은 깊은 관계가 있었다. 지금도 구다라가 주소, 초등학교, 공원 등 고유 명사에 사용되는 사례가 있는 것으로 보아 그 인연을 알 수 있다. 옛날에는 구다라지百濟寺라고 불리는 사찰이 몇 개 있었다. 폐사가 된 곳, 터만 남아 있는 곳도 있는 가운데 시가현의 햐쿠사이지百濟寺(이 곳만 구다라지가 아니라 백제의 한자음을 그대로 따르고 햐쿠사이지라고 발음함)는 단풍 명소로도 알려져 있어 가을엔 많은 사람이 찾아온다.

햐쿠사이지는 7세기 초 무렵에 쇼토쿠 태자의 발원으로 백제인에 의해 백제 용운사龍雲寺를 모델로 창건된 사찰이다. 고구려 승려 혜자惠慈, 백제 승려 혜총惠聰, 도흠道欽, 관륵觀勒 등이 이곳에 머물면서 사찰 건립에

햐쿠사이지 본당 백제 용운사를 모델로 창건되었다.

힘을 썼다. 덕분에 사찰이 크게 융성했다고 한다. 헤이안 시대에 들어 비
와코 서남쪽에 있는 히에이산에 천태종 사찰 엔랴쿠지가 개창된 후 햐쿠
사이지도 천태종 사찰이 되고 규모도 확대되었다. 헤이안 말기에서 가마
쿠라, 무로마치 시대에 이르기까지 장엄한 대사찰이었다. 화재나 전란으
로 사찰 건물이 많이 소실되었으나 당시는 재건할 수 있는 힘을 갖고 있
었다.

햐쿠사이지 인왕문 문에 걸린 짚신은 인왕문에 안치된 인왕상에 바치는 것이다. 크게 바칠수록 건강에 좋다는 이야기가 있어 원래 길이 50센티미터였다가 바꿀 때마다 커져 지금 3미터로 되었다.

햐쿠사이지가 큰 타격을 받은 것이 16세기 후반이었다. 15세기 후반에 서 16세기 후반에 걸쳐 일본은 전쟁이 끊이지 않는 혼란기로 전국 시대戰國時代라고 불리는 시대가 되었다. 천하통일을 노린 무장이자 다이묘大名인 오 다 노부나가織田信長(1534~1582)는 1571년에 엔랴쿠지를 태워버렸다. 엔랴쿠지 가 노부나가에 저항한 다이묘와 친교가 깊어서 이 싸움에 휘말린 것이다.

햐쿠사이지도 마찬가지였다. 노부나가에 저항한 어떤 다이묘들이 돌담을 쌓아 햐쿠사이지 등을 요새화要塞化했다. 노부나가의 공격이 시작되었다. 햐쿠사이지는 고민한 끝에 오랜 관계를 중요시해 저항 세력에게 양식糧食을 보내고, 그들의 가족들을 사찰 경내에서 보호했다. 격노한 노부나가는 이것을 모반이라고 간주해 햐쿠사이지를 태워버렸다. 간신히 주요한 불상 몇 구, 중요한 경전 등이 살아남았다. 1573년의 일이었다. 당시의 상황에 대해 선교사 루이스 프로이스(1532~1597)가 지상의 낙원인 햐쿠사이지가 불태워져 없어진 것을 아쉬워하는 기록을 남겼다.

에도 시대에 들어 본격적인 부흥이 시작되었다. 17세기에는 본당, 인왕문, 산문 등이 건립되었다. 그것이 현재 있는 건축물이다. 옛날 같은 수많은 건물이 없어졌지만 햐쿠사이지의 넓은 경내를 답사하면 위용을 자랑했던 시기가 있었던 것을 느낄 수 있다.

이시도지

이 책에서 소개하는 사찰을 뽑을 때, 거의 다 내가 적어도 한 번은 가본 적이 있는 사찰을 뽑았다. 그러나 이시도지石塔寺는 단 한 번도 가본 적이 없는데도 꼭 소개하겠다고 결심한 사찰이다.

내가 이시도지를 알게 된 계기는 2016년 말에 오사카 한국문화원에서 열린 후지모토 다쿠미藤本巧 사진전 '일본 속의 한국 도래 문화'이었다. 이시도지 삼층탑과 부여 장하리 삼층석탑을 대비해 전시하는 것을 보고 큰 충격을 받았다. 일본에서 한반도와 깊은 관계가 있는 유적이 많지만 이렇게 한 눈에 그 인연을 보여주는 것이 별로 없기 때문이다.

사전寺傳에 의하면 이시도지 연기는 다음과 같다. 석가모니가 입멸한 후, 인도의 아쇼카왕이 불법 흥륭을 기원해 8만 4천 개나 되는 탑을 만들

이시도지 삼층 석탑 다른 일본 석탑과 달리 백제계 석탑과 유사하여 백제계 도래인들에 의해 만들어졌다고 추측된다.

이시도지 석불과 석탑

고, 탑에다가 사리를 넣고 세계 여러 곳에 뿌렸다. 그 중 탑 2개가 일본에 떨어졌는데 하나는 현재 이시도지가 있는 곳에 떨어져 땅에 묻혔다. 헤이안 시대에 유학승이 송나라에서 이 이야기를 알게 되자 일본에 있는 승려에게 편지를 보내 이 일을 알렸다. 편지를 받은 승려가 상소를 올리고 천황이 칙사를 보내 발굴시켰더니 큰 석탑이 나왔다. 원래 여기는 쇼토쿠 태자가 건립한 사찰의 하나였지만, 큰 탑이 나왔기 때문에 가람을 다시 건립해 이시도지라는 이름을 지었다.

사찰에 전해진 내용이 이렇게 전설적인 것이 아마 사찰 연기가 분명하지 않기 때문이라고 생각된다. 실제로 석탑은 여기에 정착한 백제계 도래인들에 의하여 만들어졌다고 추측된다.

15세기에 오닌의 난, 16세기에 오다 노부나가의 병화로 가람, 문헌 등이 거의 다 소실되었다. 하지만 석탑이 당당한 모습으로 솟아 있는 것을 보면 도래인의 마음이 여전히 살아 있는 것처럼 느껴져 감동을 받는다.

사찰 입구에서 긴 계단을 올라가면 높이 7.5미터의 큰 석탑을 중심으로 작은 석탑이 무수히 세워져 널려 있는 것이 눈에 들어와 이 모습에 압도당한다. 이시도지를 방문하면 색다른 일본 사찰 답사가 될 것이다.

햐쿠사이지와 이시도지 답사 안내

고토산잔

햐쿠사이지, 이시도지에 대중교통으로 가는 것이 가능하기는 하지만 불편하다. 주변엔 두 사찰 외에도 볼만한 사찰이 많아 택시를 이용해서 돌아다니는 것도 효율적으로 답사하는 한가지 방법이다.

햐쿠사이지, 햐쿠사이지 북쪽에 있는 곤고린지金剛輪寺, 사이묘지西明寺 세 사찰은 호동에 있는 고찰로 '고토산잔湖東三山'이라고 불린다. 곤고린지는 도래인의 후손인 명승 교키 스님에 의해 개산된 사찰이다. 모두 다 단풍 명소로 가을엔 많은 사람이 찾아간다. 자동차로 가는 것이 일반적이지만 단풍 투어 버스도 있다. 매년 11월 하순엔 셔틀 버스로 고토산잔을 돌아다닐 수 있다.

햐쿠사이지

관람 시간 8:00 ~ 17:00
관람료 성인 600엔, 중·고등학생 300엔, 초등학생 200엔

이시도지

관람 시간 9:00 ~ 17:00(5월 ~ 10월은 18:00까지)
관람료 성인 400엔, 어린이 100엔

※ 모두 2018년 기준

햐쿠사이지 가는 길

JR 오미하치만역	요카이치역 하차 → 버스 (아이토선) 약 30분 → 햐쿠사이지혼보마에
JR 노토가와역	버스 (가쿠노선) 햐쿠사이지 혼마치 → 도보 약 15분

이시도지 가는 길

오미 철도 요카이치역	사쿠라가와역 하차 → 도보 약 40분

햐쿠사이지와 이시도지 주변 지도

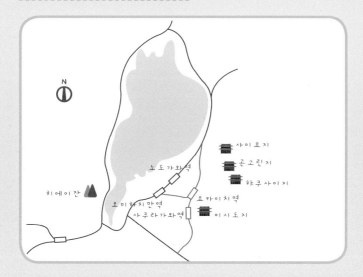

미이데라三井寺와 이시야마데라石山寺
호수꽃이 아름다운 숨겨진 명찰名刹들

2017년 4월 약 20년 만에 시가현 오쓰시大津市에 있는 미이데라로 요자쿠라夜櫻(벚꽃 야간 구경)를 보러 갔다. 요자쿠라라고 하면 교토 시내의 기요미즈데라, 마루야마円山공원 등 유명한 곳이 있지만, 미이데라에서 보는 요자쿠라는 교토 시내보다 빛이 어두워서 그런지 벚꽃이 더 선명하게 보여 교토에서 맛볼 수 없는 또 다른 아름다움이 있다.

미이데라

미이데라三井寺는 나라나 교토에 있는 사찰처럼 외국인들에게 알려지지는 않았다. 그러나 미이데라는 헤이안 시대에 도다이지, 고후쿠지, 엔랴쿠지와 함께 조정으로부터 숭배 받은 '사대사四大寺'의 하나로 꼽히는 역사가 있는 명찰이다.

비와코 남서쪽에 있는 나가라산長等山 중턱에 자리 잡은 미이데라의 정식 명칭이 '나가라산 온조지園城寺'라고 한다. 사찰 창건은 7세기로 거슬러 올라간다. 667년 수도를 아스카에서 현재 시가현인 오미近江로 옮겨 다음 해에 즉위한 덴지天智 천황이 세상을 떠난 후 황위 계승을 둘러싸고 천황의 아들인 오토모 황자大友皇子와 천황의 동생 사이에 싸움이 생겨 진신의 난壬申の亂이라는 큰 전란이 발생했다.

미이데라 금당 미이데라는 헤이안 시대 때 일본의 4대 큰 절 중 하나이었다.

    패배한 오토모 황자의 아들이 아버지의 명복을 빌기 위해 '전원성읍
田園城邑'을 기부하여 사찰을 창건했다. 승리한 덴지 천황의 동생이 덴무天武
천황이 되고, 전원 성읍의 한자를 따서 '온조園城'라고 쓰인 칙액을 하사했
다. 그것이 미이데라의 시작이다. 사찰에는 덴지, 덴무, 지토持統 천황 3명
이 태어났을 때 목욕물로 사용한 물을 푼 우물이 있어서 '미이노테라御井の
寺'라고 불리우게 되었다.

    미이데라가 사대사로 꼽힐 만큼 큰 사찰이 된 것은 명승 지쇼대사智證
大師 엔친円珍(814~891)이 미이데라를 천태별원天台別院으로 재건해 밀교 도량으
로 만든 이후부터이다. 엔친의 어머님이 도지를 소개할 때 등장했던 명승

미이데라 삼중탑 무로마치 시대의 탑으로 에도 시대에 도쿠가와 이에야스가 기증했다.

구카이의 조카딸이다. 엔친이 15세 때 엔랴쿠지에서 수행을 시작해 19세 때 정식적인 승려가 되기 위한 국가에서 실시한 시험에 뛰어난 성적으로 합격하고 다음해 정식 승려가 되었다. 853년에서 858년까지 당나라에서 밀교를 배우고 귀국한 후에 온조지를 재건했다.

엔친이 천황 3명이 태어났을 때 목욕물로 사용한 우물의 물을 삼부관정三部灌頂이라고 하여 법의法儀를 할 때 법수法水로 사용했기 때문에 사찰이 미이데라라고 불리게 되었다. 엔친은 천태종의 최고 지위인 제5대 천태좌주天台座主가 되고 일본 불교 발전에 평생 힘을 썼다. 제자도 많이 키웠다. 입적한 후는 천황에게서 지쇼智證라는 대사호大師號를 받았다.

천태좌주 제3대이고 엔랴쿠지 융성의 기초를 쌓은 엔닌円仁(794~864) 스님도 제자를 많이 키웠다. 엔친 제자들과 엔닌 제자들이 천태종의 2대大 세력이 되었다. 엔친, 엔닌 사후는 제자들이 대립하게 되어 10세기 말엔 엔친 제자들이 다 엔랴쿠지를 떠나 미이데라에 들어왔다. 그때부터 엔랴쿠지는 산몬파山門派, 미이데라는 지몬파寺門派로, 천태종이 두 갈래로 갈라졌다. 두 갈래의 갈등이 천태종 내부의 싸움이 되었을 뿐만 아니라 정치적인 측면으로 영향도 커서 미이데라가 불타버린 것도 한두 번이 아니었다.

그럼에도 불구하고 미이데라는 조정이나 귀족, 무가武家 등의 깊은 귀의를 받고 피해를 입을 때마다 불사조처럼 다시 일어났다. 메이지 유신으로 사찰 규모가 축소되었지만 많은 문화재, 넓은 사역으로 현재도 깊은 역사가 있는 사찰인 것을 느끼게 한다.

미이데라 범종

미이데라가 소유하는 많은 문화재 중에서도 내가 특히 소개하고 싶은 것이 세 개의 범종이다. 하나는 나라 시대에 만들어졌다고 하는데, 흠이 있는 범종이다. 앞에서 말했듯이 미이데라 지몬파와 엔랴쿠지 산몬파

사이에 갈등이 있었다. 헤이안 시대 말기에 벤케이弁慶라는 엔랴쿠지의 승병僧兵이 이 범종을 빼앗고 엔랴쿠지로 가져가서 울렸더니 범종이 돌아가고 싶다는 소리를 내며 울렸다. 그랬더니 벤케이가 그렇게 미이데라에 돌아가고 싶냐고 분노해 범종을 골짜기 밑에 내던졌다고 한다.

전설적인 이야기이지만 사전寺傳엔 이 범종이 한때 엔랴쿠지에 의해 빼앗긴 적이 있었다는 기록이 있어 범종에 남아 있는 흠이 아마 그 때 생긴 것으로 생각된다. 미이데라 고난의 역사를 보여주는 유물이라고 할 수 있다. 또 하나는 1602년에 주조된 '오미 핫케이近江八景'의 하나인 '미이의 만종三井の晩鐘'으로 알려져 있는 범종이다.

오미 핫케이란 중국 소상팔경瀟湘八景을 모델로 비와코 남쪽의 승경지를 뽑은 것이다. 소리가 아름다운 것으로도 유명한 이 범종은 교토의 뵤도인, 진고지 범종과 함께 일본 삼대 우수한 범종으로 꼽힌다. 미이데라에는 또 비천 모습을 부조浮彫한 고려 시대의 아름다운 범종이 소장되어 있다.

이시야마데라

비와코 남쪽에 위치하는 이시야마데라石山寺도 역시 '오미 핫케이'로, '이시야마의 추월秋月', '세타瀬田(이시야마데라 부근의 지명)의 석조夕照'가 유명하다.

이시야마데라는 사찰 이름이 표하는 대로 특색이 있는 이시石가 인상적이다. 경내에 들어와 본당이나 다보탑多寶塔을 잇는 계단을 올라가면 큰 기암奇岩이 눈에 든다. 규회석珪灰石이라고 하는 그 기암이 화강암 등의 열 작용으로 인해서 석회암으로 변성된 것이며, 천연기념물로 지정되어 있다.

이시야마데라는 나라 하세데라에서 소개한 '사이고쿠33쇼순례西國三十三所巡禮'의 하나로, 관음 신앙의 도량으로 민중의 사랑을 받고 있다. 그러

미이데라 범종(벤케이종) 나라 시대에 만들어졌다고 전하는 범종. 헤이안 시대 말기에 벤케이라는 엔랴쿠지의 승병이 이 범종을 빼앗고 엔랴쿠지로 가져갔다는 전설로 벤케이종이라고도 한다.

고려범종 일본에 있는 한반도와 유래가 있는 범종 가운데 특히 아름다운 범종으로 알려져 있다.

이시야마데라 동대문 가마쿠라 시대에 만들어진 인왕상이 눈에 띈다.

나 이시야마데라는 8세기 중반에 도다이지와 깊은 관계가 있는 관사官寺로 창건된 사찰이다. 사찰 연기는 사찰 에마키(두루마리 그림)에 아래와 같이 나타난다.

도다이지 대불을 만드는 데 방대한 양의 황금이 필요했다. 칙명을 받은 로벤 스님이 나라 산 속에서 황금 발견을 기원했더니 꿈에 신불이 나타나 '오미의 세타에 있는 산이 영지이니 거기서 기원하면 황금을 찾을

이시야마데라 다보탑 가마쿠라 시대 초기로 추측되며, 미나모토 요리토모가 건립했다고 전해진다.

수 있다'고 했다. 오미近江로 간 로벤 스님이 바위 위에 관음상을 안치하고, 암자도 만들고 매일 기원했다. 그랬더니 동북 지방에서 황금이 발견되어 덕분에 대불이 완성되었다. 그 후 바위 위에 있는 관음상을 본존으로 하는 사찰이 창건되어, 그곳의 외관으로 사찰 이름이 이시야마데라가 되었다고 한다.

당시 도다이지를 건립한 조이시야마인쇼造石山院所라는 기관이 있어 이

이시야마데라 본당 비불 여의륜관음이 안치되어 있다.

시야마데라 당우가 건립되었다. 이 기관이 또 비와코 주변에서 벌채된 목재를 수운으로 도다이지에 운반하는 일을 관리했었다. 도다이지와 대불 건립이란 대사업의 배경으로 이시야마데라가 큰 역할을 했었던 것이다.

　　헤이안 시대에 들어 관사로서의 성격이 점점 약해져 진언 밀교 교학의 사찰이란 성격이 강해졌다. 또 관음신앙 사찰로서 인기가 높아져 황족, 귀족을 비롯해 많은 사람이 참배했다. 찾아가기가 어렵지 않은 편한 곳에 위치하는 유리한 조건도 있어 이시야마데라는 기요미즈데라와 함께 많은 사람이 참배하는 관음신앙의 인기 사찰이 되었다. 여성 참배객도 많아 헤이안 문학 여성 작가들도 이시야마데라를 찾아갔다. 특히 유명한 작가는 궁정을 무대로 지어진 장편 소설『겐지 모노가타리源氏物語』저자인 무라사키시키부紫式部이다. 본당 일부분에 그가 소설을 집필했다고 전하는 방이 있다.

본당은 11세기에 대화재로 소실되었지만 십수년 후에 재건된 것이고, 그것이 국보로 지정되어 있다. 본당에 붙어 있는 예당은 17세기 초에 개축된 것이다. 이시야마데라 본당은 기요미즈데라 본당, 하세데라 본당과 마찬가지로 산의 경사면에 기대어 짓는 건축 양식이며 많은 기둥이 본당을 받치고 있다. 규모는 크지 않지만 기요미즈데라, 하세데라보다 더 오래된 양식을 갖고 있는 귀중한 것이다.

이시야마데라는 무가武家와의 깊은 관계도 있었다. 1194년에 건립된 국보 다보탑은 가마쿠라 막부의 창업자이자 초대 장군인 미나모토노 요리토모源賴朝(1147~1199)가 기진한 것이라고 전한다. 높이 16.66미터, 하층이 사각형 상층이 원형으로, 균형을 잡은 우아한 탑이다. 하층에는 일본을 대표하는 불사인 가이케이快慶가 제작한 대일여래좌상이 봉안되어 있다.

봄에는 매화, 벚꽃, 모란, 여름엔 꽃창포, 수국, 가을에는 단풍 등 자연의 미가 계절마다 사찰 모습을 더 매력있게 보여준다. 특히 400그루 이상이 되는 매화나무가 알려져 있어 방문객이 이시야마데라에서 매화향기를 맡으면서 봄의 도래를 느낄 수 있다.

미이데라역에서 미이데라까지는 비와코 소수疎水를 따라 걷는데 봄이 되면 벚꽃이 정말 아름답다. 두 사찰 모두 산의 경사면에 있어 경내 답사는 올라갔다 내려갔다를 반복해야 된다. 그만큼 조망이 좋다는 말이다. 미이데라도 또한 사이고쿠33쇼순례의 하나이다. 관음당에 안치된 본존 관음상이 33년에 한 번밖에 공개되지 않는 비불秘佛이다.

관음당이 있는 곳이 조망이 아주 좋고 비와코가 보인다. 도래인과의 인연도 느낄 수 있다. 오쓰 시청 북쪽에 미이데라에 속하는 시라기젠신도新羅善神堂(별명 시라기신사)가 있다. 시라기(신라)신사는 일본 전국에 있다. 햐쿠사이지 글에서 소개했듯이 일본에서 백제가 붙어 있는 고유명사가 있고, 또 고려가 붙어 있는 고유명사도 있어 한반도와 깊은 관계를 이런 점에서도 엿볼 수 있다.

미이데라

관람 시간 8:00 ~ 17:00(입관은 16:00까지)
관람료

	성인	중학생 / 고등학생	초등학생
개인	600엔	300엔	200엔
30명 이상의 단체	550엔	250엔	150엔

이시야마데라

관람 시간 8:00 ~ 16:30(입관은 16:00까지)
관람료

	성인 (중학생 이상)	초등학생
개인	600엔	250엔
30명 이상의 단체	500엔 / 350엔	200엔

※ 모두 2018년 기준

미이데라 가는 길

게이한 전철	이시야마사카모토선 미이데라역 하차 → 도보 약 10분
이시야마역에서 출발하는 셔틀버스	10:05, 12:00, 14:00, 15:00

이시야마데라 가는 길

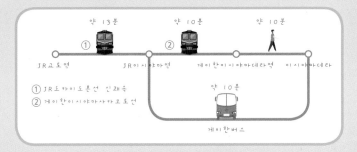

미이데라와 이시야마데라 주변 지도

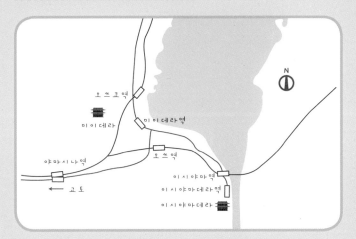

엔랴쿠지 延曆寺

꺼지지 않는 법등法燈 간직한 승보사찰

나라, 교토 그리고 시가현에 있는 사찰을 소개해왔지만 사찰 소개가 나오기 전에 몇 번이나 등장한 사찰이 아마 엔랴쿠지 밖에 없을 것 같다. 드디어 엔랴쿠지의 차례가 돌아왔다.

내가 이 책 원고를 쓰면서 고민하는 것 중의 하나가 등장인물에 대해서다. 한국의 독자 분들이 낯선 이름이 자주 나오는 것을 불편해하지 않을까라는 생각이 들었다. 그러나 일본 사찰, 나아가서는 일본 역사를 더 깊이 알려주려면 중요한 인물에 대해서는 '이 책에서 일부러 등장시키는 것이 더 낫지 않을까'라는 생각도 해본다.

도지를 소개했을 때 등장한 명승 구카이와 대칭으로 자주 나오는 이름이 엔랴쿠지를 창건한 명승 사이초最澄다. 일본 역사 교과서에도 나오는 인물이어서 일본 사람이라면 역사에 그다지 관심이 없더라도 이름 정도는 알고 있는 유명한 스님이다.

도지 소개에서 말했듯이 8세기 말에 간무 천황이 수도를 나라에서 교토로 천도했는데 천도 배경에는 정치적인 권력이 비대해진 기존 나라奈良의 불교 세력과 거리를 두고 새로운 수도를 건설하려는 생각이 있었다.

천황은 기존 불교 세력이 더 이상 정치에 개입하는 것을 피하기 위해 나라 사찰을 교토로 옮기지 않고 새로운 사찰을 만들려고 했다. 마침 그때 등장한 사람이 사이초와 구카이였다. 두 분은 먼저 나라奈良에서 공부한

도도 지역 몬주로 1668년 화재로 소실되었으나 이후 재건되었다.

후 산 속에서 수행을 쌓고, 견당선을 타고 804년에 당나라에 들어가서 각기 천태종, 진언종을 배웠다. 귀국한 후에는 천황의 지지를 받으면서 사이초는 천태종 사찰 엔랴쿠지, 구카이는 진언종 사찰 도지를 개창했다.

일본 천태종에 전하는 밀교를 태밀台密이라고 부르고, 도지를 본산으로 하는 진언 밀교를 도밀東密이라고 한다. 원래 천태종과 밀교는 다른 것이지만 사이초의 사상 자체가 밀교적이라서 사이초의 천태 교학에 대한 이해는 그의 밀교 세계관과도 가까운 것이었다.

이런 경향을 사이초의 후계자들이 더 증폭시켰다. 밀교를 결합시킨 천태종은 진언종과 함께 귀족 사회의 지지를 받아 발전했다. 토착화시켜

도도 지역 대강당 5년마다 열리는 法華大會를 비롯해서, 경전 강의를 하는 곳이다.

일본화된 밀교가 일본에서 이렇게 시작되었고, 중국이나 한반도와 다른 일본화된 불교가 발전했다. 일본 역사 특히 헤이안 시대는 두 스님, 두 사찰을 모르면 이해할 수 없다고 할 수 있다.

그래서 여기에서는 사이초에 대해 자세히 살펴보고자 한다. 사이초는 767년에 히에이산 기슭, 비와코 가까이에서 태어났다. 아버지는 도래인계 씨족이라고 전한다. 12세 때 절에 들어가 14세 때 득도 수계해, 사이초最澄라는 법명을 받았다. 19세 때 도다이지 계단원에서 구족계를 받고 국가 공인 승려가 되었다. 어린 시절의 이력만 보더라도 그가 엘리트이고 뛰

사이토 지역 석가당 엔랴쿠지에서 가장 오래된 전각이다.

사이토 지역 조도인 덴교대사사이초(傳敎大師最澄)의 묘소로, 12년로잔교가 진행되는 곳이다.

어난 사람인 것을 알 수 있다. 그러나 사이초는 나라를 떠나 고향으로 돌아와 히에이잔에서 수행과 정진하였다. 그리고 천태종 가르침에 대한 연구에 몰두했다. 788년엔 약사여래상을 본존으로 하는 이치조시칸인一乘止觀院을 지었다. 그것이 바로 엔랴쿠지 핵심 건물인 곤폰추도根本中堂의 시작이다. 그 때 불상 앞에 놓은 등불이 1200년을 넘어서도 여전히 켜져 있어 '불멸不滅의 법등法燈'으로 알려져 있다.

사이초가 몰두한 천태 법문에 대한 연구의 성과는 그의 강연을 통해서 그 우수한 내용이 알려졌다. 천황의 인정을 받은 사이초는 804년에 국비 유학승으로 당나라에 유학했다. 당나라 체류 기간이 9개월에 불과했지만 천태종을 비롯해 선종, 밀교 등 다양한 법문을 전수받은 것이 오늘날 '일본 불교의 모산母山'이라고 불리는 엔랴쿠지의 기초가 되었다. 귀국한 후, 806년 조정의 인가를 받고 일본 천태종이 개종되었다.

사이초는 훌륭한 승려를 양성하기 위해 히에이산에 대승계단大乘戒壇을 만들려고 했다. 대승계를 받은 후, 산에서 12년간 수행을 쌓을 필요가 있다고 생각해 그 생각을 조정에 상소上疏했다. 그러나 나라의 기존 불교계는 심하게 반대했다. 출가와 재가를 구별 없이 줄 수 있는 대승계는 구족계와 본질적으로 다르기 때문에 기존 불교계 승려들에게 도저히 받아들일 수 없는 것이었다. 822년 그가 입적한 후에서야 사이초의 소원이 칙허로 내려져 마침내 이루어졌다. 다음 해엔 연호인 엔랴쿠를 딴 엔랴쿠지라는 칙액을 하사받고 사찰 이름이 엔랴쿠지가 되었다. 866년에는 사이초에게 '덴교대사傳教大師'라는 칭호가 추증되었다.

명승을 배출한 엔랴쿠지

일본 불교의 요람인 엔랴쿠지에서 일본 불교사상의 중요한 명승들이 많이 배출되었다. 사이초의 제자이자 천태종의 기초를 만든 엔닌円仁(794~864), 미이데라를 재흥시키고 천태종을 한층 더 발전시킨 엔친円珍(814~891), 엔랴쿠지를 중흥시킨 료겐良源(912~985), 염불로 극락왕생할 수 있는 방법을 알려주고 일본 정토 신앙 발전에 큰 영향을 준 겐신源信(942~1017), 임제종臨濟宗의 요사이榮西(1141~1215), 조동종曹洞宗의 도겐道元(1200~1253), 정토종淨土宗의 호넨法然(1133~1212), 정토진종淨土眞宗의 신란親鸞(1173~1262), 일련종日蓮宗의 니치렌日蓮(1222~1282) 등 일본 불교의 중요한 종파를 개창한 스님들이 모두 엔랴쿠지에서 나왔다.

엔랴쿠지는 사찰 규모도 크고 불상, 불화를 비롯한 문화재도 많이 갖고 있지만 엔랴쿠지의 가장 귀중한 보물은 역시 인물이라는 것을 알 수 있다. 사이초가 쓴 다음과 같은 내용의 글에 '가장 큰 재산은 인물'이라는 생각이 담겨 있다.

"국보는 무엇인가. 국보는 즉 도심道心이고, 도심을 갖고 있는 사람이야말로 국보라고 할 수 있다. 아무리 귀중한 보물이라고 해도 표면적이고 형태만 갖고 있다면 국보가 아니다. 도심을 갖는 진정한 국보라면 비록 한구석에 있어도 천리千里를 비출 수 있다."

엔랴쿠지 역사는 빛나는 부분만 있는 것이 아니었다. 10세기에 귀족을 받아들이고 고승으로 대접을 해서, 기진을 받는 것이 관례화 되었다. 이런 식으로 힘을 갖게 된 대표적인 사찰이 고후쿠지와 엔랴쿠지였다. 세

요카와 지역 요카와추도 요카와 지역의 중심 건물로, 848년 엔닌 스님에 의해 창건되었다. 현재 건물은 1971년에 재건된 것이다.

력이 강해지면 어두운 점도 생긴다. 엔랴쿠지 승병僧兵들이 천태종 분파分派
나 다른 종파의 사찰을 공격했다. 햐쿠사이지 소개에서 말했듯이 엔랴쿠
지는 16세기에 오다 노부나가에 저항한 다이묘와 친교가 깊어서 사찰이
오다 노부나가에 의해 불타버렸다. 정치적인 것까지 많이 관여한 결과라
고도 할 수 있다.

　이런 어두운 면이 있는 것도 역사의 사실이지만 그래도 여기서 명승
들이 배출되고 지금도 일본을 대표하는 사찰이라는 것을 엔랴쿠지를 찾
아가보면 느낄 수 있을 것이다.

엄격한 수행

엔랴쿠지는 또 다양한 수행으로 알려져 있다. 대표적인 것이 '센니치카이호교千日回峰行'와 '12년로잔교12年籠山行'라는 엄격한 수행이며 수행을 달성하면 신문 기사에 나올 정도다. 센니치카이호교은 그 이름대로 천일에 걸쳐 히에이산을 돌면서 정해진 많은 예배 장소에서 예배하는 수행이다.

수행승이 7년간 1,000일에 걸쳐 답파踏破하는 거리는 지구 한 바퀴에 상당하는 약 4만 킬로미터에 달한다. 2017년 9월 센니치카이호교를 달성한 40대 승려에 대한 기사가 나왔다. 달성한 승려에 대한 기록이 남아 있는 16세기 후반부터 지금까지 51명이 센니치카이호교를 회향했다.

센니치카이호교가 동적인 수행이라고 하면 12년로잔교는 정적인 수행이라고 할 수 있다. 12년로잔교는 사이초의 묘가 있는 조도인淨土院에서 진행된다. 외부와의 접촉을 끊고 12년간 하루도 빠짐없이 사이초 초상화 앞에 공양을 올리고 엄격히 정해진 근행勤行을 한다. 조도인 안팎에의 청소도 철저히 해야 되고 그 엄격함이 청소 지옥이라고 불릴 정도다. 에도 시대 이후 117명 중 81명이 달성했는데 도중에서 병으로 죽은 승려가 적지 않았다는 기록이 남아 있다고 한다. 엔랴쿠지에서는 또 일반인도 좌선, 사경寫經 등을 할 수 있다.

엔랴쿠지 답사 안내

히에이산 엔랴쿠지는 히에이산에 있는 경내 약 500헥타르에 점재하는 약 150개 당탑의 총칭이다. 당탑이 주로 도도東塔, 사이토西塔, 요카와橫川 3곳에 나눠져 있는데 넓어서 자동차나 셔틀버스로 이동하게 된다.

도도 지역엔 엔랴쿠지 핵심 건물인 곤폰추도가 있다. 2016년부터 약 10년이 걸릴 대수리가 시작되어 건물 외관을 제대로 볼 수는 없지만 안에 들어가 배관할 수 있다. 도도에 있는 국보전에서는 엔랴쿠지가 소장하고 있는 문화재가 전시되어 있다. 사이초의 묘가 있는 조도인은 사이토 지역에 있다. 요카와 지역에는 엔닌 스님에 의하여 9세기 중반에 개창된 요카와추도橫川中堂가 있다. 현재 건물은 20세기 후반에 재흥된 것이다.

일반 안내서에는 거의 안 나오지만 엔닌은 신라와 깊은 인연이 있는 스님이다. 그는 838년에 당나라에 갔는데 체류기간을 더 연장하려고 했으나 못 했다. 그 때 장보고가 창건한 산동성 적산법화원赤山法華院에 묵었던 엔닌의 소원을 이룬 사람이 바로 장보고였다. 덕분에 엔닌이 약 10년간에 걸친 구법求法의 여행을 할 수 있었다. 요카와추도 옆에 있는 적산궁赤山宮엔 신라명신新羅明神이 모셔져 있다. 또, 도도 지역에 있는 몬주로文殊樓 옆에는 장보고의 은혜에 감사하는 기념비가 있다.

마지막으로, 3곳이 다 숲속에 있어 조망이 좋지 않다. 하지만 사이토 지역과 요카와 지역 사이에 있는 미네미치峰道는 조망이 좋고 비와코가 잘 보인다(셔틀버스 정류장이 있음). 식당과 매점도 있다.

관람 시간

	도도 지역	사이토 / 요카와 지역
3월 ~ 11월	8:30 ~ 16:30	9:00 ~ 16:00
12월	9:00 ~ 16:00	9:30 ~ 15:30
1월 ~ 2월	9:00 ~ 16:30	9:30 ~ 16:00

관람료

	성인	중학생 / 고등학생	초등학생
개인	700엔	500엔	300엔
20명 이상의 단체	600엔	400엔	300엔

엔랴쿠지 가는 길

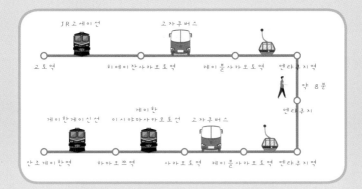

엔랴쿠지 주변 지도

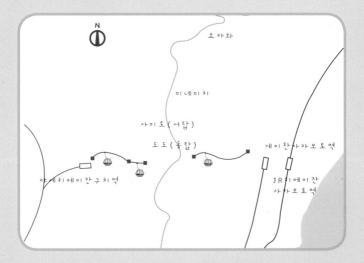

고겐지|向源寺와 관음마을
민중의 힘으로 지켜낸 관음신앙 성지聖地

불교문화의 寶庫, 湖北

시가현 사찰 답사 마지막으로 비와코 북쪽, 호북 지역에 있는 사찰을 소개
한다. 이 지역에는 규모가 큰 사찰은 없지만 관음 마을로 사람들의 사랑을
받고 있어서 그런지 멀리서도 일부러 여기를 찾아오는 사람이 많다.

주택이 비교적 많은 비와코 남쪽에 있는 지역도 오사카에서 가보면
시골이라는 느낌이 든다. 그러나 호북 지역은 그곳보다도 더 완전히 시골
이다. 이런 작고 고즈넉한 마을에 문화재로 지정되어 있는 불상이 믿을 수

도간지 관음당 십일면관음상

가 없을 정도로 많이 소장되어 있다.

시가현에 있는 불상 가운데 에도
시대에 제작되었다고 생각되는 것이
많다고 한다. 그러나 국보나 중요문
화재, 시가현이 지정한 문화재로 지
정되는 조각 문화재는 헤이안 시대에
제작된 것이 압도적으로 많다. 불상
의 종류는 호북 지역을 중심으로 아
름다운 관음상이 많은 것이 특징이
다. 시가현의 관음상만 모아서 열린

전시회도 있었다.

호북 지역은 옛날에 고다카미산己高山을 중심으로 번영한 불교 문화권에 속했다. 영산靈山으로 숭배를 받는 이 지역은 산악 수행의 장소이기도 하고, 또 교통의 요충지였다. 이러한 지역적 특성으로 인해 시가현 북동쪽에 위치하는 호쿠리쿠北陸 지방의 관음 신앙이 유입되었다. 천태종 사찰인 히에이잔 엔랴쿠지의 영향도 많이 받았다. 이런 요소들이 모여서 관음 신앙을 중심으로 한 독자적인 불교문화가 구축되었다고 보인다.

호북은 이렇게 불교문화가 꽃피는 지역이었지만 중세에 들어서는 정토종, 조동종 등 이른바 신불교 세력이 강해지고 호북에 있던 천태종 사원의 힘이 약해져서 대부분의 사원이 쇠퇴되고 스님이 없어지거나 폐사된 사찰도 적지 않았다. 이런 상황에서 남은 불상을 지켜온 사람들 역시 마을 주민들이었다.

마을 주민들이 작은 암자를 짓고 옛날부터 신앙을 받았던 불상을 모셔놓았다. 불상들이 이렇게 종파를 넘어 마을을 지키는 본존이 되었다. 전국 시대 때 전란의 무대가 되어 불타버린 사찰도 적지 않았지만 마을 주민들이 불상을 강바닥에 가라앉히거나 땅속에 묻거나 해서 지켜왔다고 한다. 지금도 호북 지역 작은 규모의 사찰에 수준이 높은 훌륭한 불상이 많이 남아 있는 것은 마을 주민들의 깊은 신앙심 때문이었다고 할 수 있다. 이렇게 살아남은 불상 가운데 전국적으로 유명하고 인기가 있는 고겐지의 국보 십일면관음입상이 그 하나이다.

고겐지와 도간지 관음당

일본에서 국보로 지정된 십일면관음상은 7구가 있다. 다 간사이 지방에 있는데 가장 많은 곳이 나라의 3구, 다음은 교토의 2구, 오사카에 1구가 있고, 1구는 바로 시가현 고겐지向源寺의 관음상이다. 7구 가운데 고겐지의 십일면관음상이 가장 아름답다고 칭찬을 받고 있다.

사전에 의하면 고겐지 십일면관음상의 연기는 다음과 같다. 8세기 도성에서 천연두가 유행해서 많은 사람이 죽었을 때 천황이 재앙을 없애기 위해 스님한테 기도를 칙명勅命했다. 스님이 십일면관음상을 만들고 암자를 짓고 봉안했더니 효험이 있었다고 한다. 사전에는 이렇게 나오지만 이 관음상이 천태종 밀교미술의 특징을 갖고 있어서 실제로 헤이안 시대 초기인 9세기에 제작되었을 것이라고 생각된다.

이 관음상은 일본에 있는 십일면관음상에서는 볼 수 없는 특징을 갖고 있다. 보통은 정면 얼굴을 제외하고 11면의 작은 얼굴이 있는데, 이 관음상은 정면 얼굴을 포함해서 11면이다. 정면 얼굴에 비해 작은 얼굴의 크기가 비교적 큰 것도 특징이다. 그리고 보통은 머리 위에 작은 얼굴이 있지만, 이 관음상은 머리 위 뿐만 아니라 정면 얼굴 좌우에도 작은 얼굴이 있다. 귀에 거는 큰 귀걸이도 보통 십일면관음상에서는 찾아보기 어렵다.

단정하고 고운 얼굴, 육감적이고 허리를 좀 비트는 약동적인 모습이 정말 아름답다. 이국적인 인상이 조금 엿보이는 이 관음상은 박물관처럼 360도를 돌아서 볼 수 있게 봉안되어 있어서 옆과 뒤 어디에서도 마음껏 관람할 수 있다.

8세기에 창건된 고겐지는 9세기에 들어 엔랴쿠지를 창건한 사이초가 칠당가람을 건립하고 많은 불상을 봉안해, 그 사세寺勢와 아름다움을 자

도간지 관음당 고겐지 경내를 나와 조금 걸어가면 도간지 관음당이다. 도간지란 사찰 이름이 아니라 지명을 따서 도간지 관음당이라 부른다.

랑했었다. 그러나 사회의 변화에 따라 사운寺運이 약해져 16세기에는 오다 노부나가와 이 지역의 다이묘인 아자이 나가마사淺井長政의 치열한 전투로 불타버렸다. 당시의 주지는 종파를 정토진종으로 개종해 새로운 사찰로 다시 출발했다. 정토진종 사찰에서는 아미타불 이외의 불상을 모셔놓을 수 없기 때문에 암자를 따로 짓고 불상들을 비불秘佛로 지켜왔다.

그런데 사찰 이름은 고겐지이지만 십일면관음상이 안치되어있는 곳은 도간지 관음당渡岸寺 觀音堂이라고 부른다. 도간지란 사찰 이름이 아니라 이곳의 지명이다. 지명을 따서 이렇게 부른다.

16세기의 전투 때 주지와 지역 주민들이 목숨을 걸고 불 속에서 불상을 건져내 땅속에 묻었다고 전한다. 많은 사람이 십일면관음상을 보고 감동을 받는 것이 단순히 그 아름다움 때문이 아니라 이렇게 불상을 지켜온

단풍으로 유명한 샤쿠도지와 게이소쿠지

지역 주민들의 마음을 불상을 통해서 느낄 수 있기 때문이라고 나는 생각한다.

샤쿠도지와 게이소쿠지

호북 지역 관음 마을에 대해 원고를 준비하면서 고민한 것은 소개할 사찰을 고르는 것이었다. 국보 십일면관음상이 소장되어 있는 고겐지는 필수이지만 문제는 그 다음에 소개하는 사찰이다. 내가 갖고 있는 호북 관음 순례 팜플렛엔 60구가 넘은 관음상이 등장한다. 그 중에서 단풍 명소이고 고겐지에서 비교적으로 가까운 샤쿠도지石道寺와 게이소쿠지鷄足寺를 소개하고자 한다.

샤쿠도지는 원래 현재 위치에서 좀 더 동쪽에 있는 산 속에 있었다. 8세기 전기에 개창되고 9세기 초에는 사이초에 의해 재흥되어, 엔랴쿠지의 별원으로서 번성했다고 전한다. 16세기 오다 노부나가에 의한 병화로 소실되었지만 불상은 살려내었다. 이 절은 17세기에 중건되었다. 현재 본당이 19세기에 다시 건립된 건물인데 20세기 초에 원래 위치에 있던 본당을 마을 주민에 의해 더 편리한 현재 위치로 옮겨진 것이다.

본당에 안치되어 있는 십일면관음상이 곱고 자애로운 모습으로 방문객을 맞이한다. 나는 원래 자전거 타고 사찰까지 가려고 생각했지만 하필이면 비가 많이 와서 역에서 사찰까지 한 시간에 걸쳐 걸어갔다. 비에 몸이 젖어서 힘들었지만, 관음상을 만나는 순간 고됨은 행복으로 바뀌었다.

게이소쿠지의 불상은 문화재 수장고인 고코카쿠己高閣, 요시로카쿠世代閣에 안치되어 있다. 거기서 게이소쿠지 본존이었다고 추측되는 십일면관음상(헤이안 시대), 칠불약사여래상七佛藥師如來像(헤이안 시대), 시가현 최고最古의 본격적인 목조불인 약사여래상(나라 시대) 등을 배관할 수 있다(매주 월요일과 1월, 2월은 휴관이다).

조선통신사를 수행한 아메노모리 호슈

2017년 10월 31일, 한일 양국의 단체가 공동 신청한 '조선통신사에 관한 기록'이 유네스코 '세계의 기록'으로 등록되었다. 일본이 신청한 자료에는 에도 시대의 유학자이고 조선통신사 사절의 에도행을 두 번 수행한 아메노모리 호슈雨森芳洲(1668~1755)에 관한 자료 36점도 포함되어 있다.

아메노모리 호슈는 현재 시가현 나가하마시長浜市 다카쓰키정高月町 아메노모리에서 태어났다. 주자학 계통의 기노시타 준안木下順庵에게 사사받고, 스승의 추천으로 1689년부터 조선 무역의 중개 역할을 하던 쓰시마번의 유학자로 근무하였다.

이전엔 양국 간 필담을 중심으로 교류했으나 호슈는 상대국의 언어, 문화, 습관 등을 알아야 선린善隣 외교라고 할 수 있다고 생각했고, 그 필요성을 느껴 나가사키와 부산으로 유학하여 중국어와 조선어를 배워 3개 국어에 능통하였다. 그는 또한 한일 양국 간 대등한 외교 관계를 주장했으며, 1711년과 1719년 조선통신사의 일본 방문을 수행하여 '성신외교'에 진력한 인물로 평가된다.

저서로는 조선과 일본의 외교를 논한 『교린제성』과 조선어 교과서 『교린수지』 등이 있다.

JR다카쓰키역에서 25분정도 걸어가면 아메노모리호슈암이 있다. 이곳에는 호슈와 조선통신사 관련 자료, 유품 등이 전시되어 있고 관련 강좌, 국제 교류를 하는 장소이기도 하다.

雨森芳洲関係資料を含む
「朝鮮通信使に関する記録」
ユネスコ「世界の記憶」登録決定！

아메노모리 호슈암 아메노모리 호슈와 조선통신사 관련자료, 유품 등이 전시되어 있다.

고겐지, 샤쿠도지와 게이소쿠지 답사 안내

이 지역은 JR다카쓰키高月역 혹은 JR기노모 토木ノ本역을 중심으로 답사한다. 한 시간에 한 번 정도 밖에 전차가 없지만 고겐지는 다카쓰키역에서 가까워 찾아가기가 어렵지 않다. 샤쿠도지, 게이소쿠지쪽으로는 1~2시간에 한 번 정도밖에 없지만 기노모토역에서 노선 버스를 이용해 갈 수 있다. 후루하시古橋라는 정류장에서 내리고 걸어가면 된다. 11월 하순엔 단풍 순환 버스라는 셔틀

버스가 운행된다. 또 다카쓰키역, 기노모토역에서 자전거를 빌릴 수 있다. 도간지 관음당 옆에는 다카쓰키 관음마을 역사민속자료관이 있다. 거기서 호북 지역의 불상을 관람할 수 있다. 조선통신사와 관련된 특별전이 열릴 때도 있다. 도간지 관음당 입장권을 제시하면 자료관 입장료가 약간 할인이 된다.

고겐지 도간지 관음당

관람 시간 9:00 ~ 16:00

다카쓰키 관음마을 역사민속자료관

관람 시간 9:00 ~ 17:00(입관은 16:30까지)
휴관일 매주 월·화요일, 공휴일 다음날, 연말 연시(12월 29일 ~ 1월 4일)
관람료

	성인 (고등학생 이상)	초등학생 / 중학생
개인	300엔	150엔
20명 이상의 단체	240엔	120엔
장애인	장애인 수첩 소지자는 본인과 동반 1인 요금 무료	

아메노모리호슈암

관람 시간 9:00 ~ 16:00
휴관일 매주 월요일, 화요일, 공휴일 다음 날, 연말연시(12월 29일 ~ 1월 4일)

※ 모두 2018년 기준

고겐지 가는 길

JR 호쿠리쿠 본선　다카쓰키역 → 도보 약 10분

샤쿠도지와 게이소쿠지 가는 길

JR 호쿠리쿠 본선　기노모토역 → 버스 약 13분

고겐지, 샤쿠도지와 게이소쿠지 주변 지도

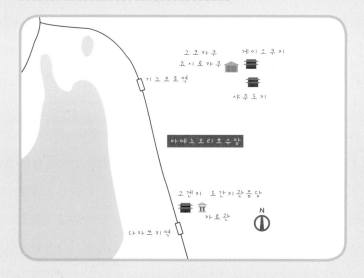

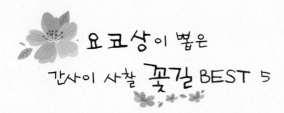

요코상이 뽑은
간사이 사찰 꽃길 BEST 5

　2011년 3월 이후 3년간 서울에서 살았을 때, 한국 생활이 편하다고 느낀 것 중 하나는 사계절이 뚜렷한 것이었다. 서울은 도쿄나 오사카보다 일교차도 심하고 겨울 기온도 낮다. 그래도 추운 날씨에 봄을 기다리는 마음, 그리고 봄이 오면 여기저기 피어나는 꽃으로 어디서든지 아름다운 풍경을 즐길 수 있는 것 …… 내가 한국 사람한테 친근한 느낌이 드는 이유 가운데 하나도 이런 기쁨을 공유할 수 있기 때문이 아닌가라고 생각한다. 서울에 살 때 봄이 되면 개나리, 진달래, 벚꽃을 보기 위해 여러 곳을 돌아다녔다. 일본에 돌아온 지도 벌써 오래되었는데 아직도 한국의 아름다운 봄이 그립다.

　한국 생활을 마치고 돌아온 후 간사이 지방에 살게 되어서 간사이 꽃 명소를 다시 찾아다니기 시작했다. 벚꽃 명소는 일본 전국 곳곳에 있지만, 특히 간사이는 벚꽃 명소가 많은데다가 꽃이 사찰이나 성城 등 역사가 있는 건물과 잘 조화되어 있어 더 예쁘다. 대중교통도 발달되어 있어서 봄꽃 명소를 둘러보기에는 간사이가 최고라고 나는 인정한다. 그래서 이번에 간사이 지역 내 사찰의 꽃 명소를 소개하게 되어서 보람을 느낀다. 그런데 문제는 소개하고 싶은 곳이 너무나 많다는 것이다. 생각을 거듭한 끝에 소개할 곳을 선정하는 기준을 나름 이렇게 정해 보았다.

　첫째, 유명하고 인기가 있는 곳. 단, 관광객이 너무 많아서 자유롭게

하세데라의 꽃

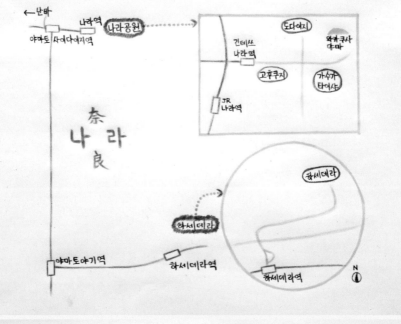

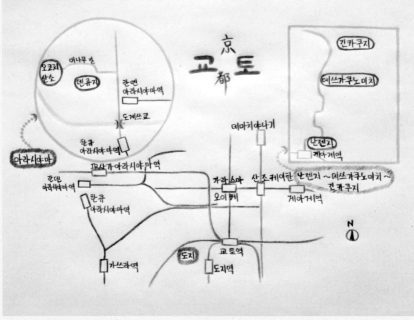

참고하기 좋은 나라와 교토 지도

움직일 수 없는 곳은 제외했다. 예를 들면 기요미즈데라淸水寺는 벚꽃도 예쁘고 주변 볼거리도 많은데 사람이 너무 많아서 꽃을 구경하러 왔는지 사람의 머리를 보러 왔는지 모를 정도로 붐벼서 이번에는 소개하지 않기로 했다. 둘째, 사찰 경내 예쁜 꽃이 있는 곳은 내가 다녀본 사찰 가운데 특히 인상적이고 많은 사람한테 꼭 추천하고 싶다고 느낀 곳을 소개하기로 했다. 그리고 벚꽃뿐만 아니라 다른 꽃도 즐길 수 있는 사찰을 선택했다. 셋째, 사찰 주변의 꽃길이나 꽃이 예쁜 곳을 뽑을 때는 범위가 넓고 볼거리가 몇 개 더 있는 곳으로 정했다. 넷째, 오사카에서 너무 멀지 않고 일본어를 잘 몰라도 대중교통을 이용해서 개인 여행으로 갈 수 있는 곳으로 정했다. 벚꽃이라면, 벚꽃으로 온 산이 뒤덮여 장관을 이루는 요시노산吉野山이 정말 유명하고 예쁘다. 그러나 오사카에서 멀고 여행객도 굉장히 많아서 이번엔 제외했다. 요시노산은 시간의 여유가 있을 때 미리 계획을 세워 가는 것이 좋다.

꽃이 예쁜 사찰로는 나라 하세데라長谷寺와 교토 도지東寺를 우선 골랐다.

하세데라는 내가 학생 시절부터 다녔던 사찰인데, 벚꽃을 비롯하여 모란꽃, 수국꽃, 단풍 등 일년 내내 즐길 수 있는 볼거리가 많은 사찰이다. 기요미즈데라 무대舞台와 약간 다르지만 본당 앞에 무대가 있고, 여기에서 산 속의 맑은 공기를 들이마시면서 사찰 전체와 멀리 보이는 산들을 바라보면 마음이 깨끗해지고 밝아진다.

오사카에서 하세데라로 갈 때에는 긴테쓰 오사카우에혼마치大阪上本町역이 출발역이다. 우에혼마치역에서 오사카선 급행을 타고 가와치코쿠부河内国分역에서 준급準急으로 갈아타고 하세데라역까지 간다. 소요시간은 1시간 10분 정도이다. 시간이 조금 더 걸리지만 우에혼마치역에서 준급을 타면 갈아타는 불편함 없이 하세데라역에 도착한다(일부분이지만 하세데라역에서 임

하세데라의 꽃

시 정차하는 급행도 있다. 전차 타기 전에 확인 필수!). 하세데라역에서 하세데라까지는 걸어
서 20분 정도이다. 이 산책길이야말로 일본의 옛날 분위기가 가득하고 재
미있다.

하세데라는 특히 내 마음에 들어서 즐겨 다니는 사찰인데, 오사카에
서 멀지는 않지만 시골에 있으니까 그런지 기요미즈데라처럼 사람이 많
지는 않다. 이곳을 찾는 사람들은 사찰을 그냥 관광지의 하나라고 생각하
는 것이 아니라 정말 절을 좋아해서 다녀가는 이들이 대부분이다. 간혹
외국인 관광객이 보이기는 하지만 많지는 않아 아직 해외까지는 널리 알
려지지 않은 것으로 보인다.

4월이 되면 벚꽃이 피어 하세데라 법당 앞 무대에서 벚꽃과 사찰 건물

들이 잘 조화되는 경치를 바라볼 수 있어 정말 아름답다. 하세데라 벚꽃은 여러 종류가 있는데 무대에서 이 풍경을 보고 싶다면 4월 상순에 가는 것이 더 좋다. 4월 하순에서 5월 상순에는 모란꽃이 피어 많은 사람이 찾아온다. 석남꽃, 철쭉 등 다른 꽃도 피어 있어 신록과 빨간색, 분홍색, 노랑색, 흰색 등 여러 색깔이 잘 어울려 마치 그림 속에 있는 것 같아 행복하다.

❀ 하세데라 관람 시간

시간	기간
8:30 ~ 17:00	4 ~ 9월
9:00 ~ 17:00	10 ~ 11월, 3월
9:00 ~ 16:30	12 ~ 2월

※ 입장료 500엔

도지 요자쿠라

교토역에서 오중탑이 보이는 도지東寺는 뛰어난 불상도 다수 봉안되어 있고 고보상이라는 재미있는 벼룩시장도 한 달에 한 번 열리고 있어서 볼 거리가 많은 사찰이다. 가장 가까운 역이 긴테쓰 도지역東寺驛이지만 교토역에서 걸어서 가기에도 멀지 않다. 여기서 매화, 철쭉 등의 꽃도 즐길 수 있지만 내가 가장 추천하고 싶은 꽃은 역시 벚꽃이다. 특히 저녁에 관상하는 벚꽃이 정말 환상적이고 감동적이다. 저녁에 관상하는 벚꽃을 일본에서는 요자쿠라夜桜라고 부른다. 일본에서 요자쿠라를 구경할 수 있는 곳이 많은데 그 중에서도 기요미즈데라가 유명하다. 나도 몇 번이나 가봤다. 그러나 워낙 사람이 많은 곳인데다가 이 시기에는 벚꽃을 즐기려는 인파까지 더해져서 가기가 힘들어져 자주 가지 못 했다. 그래서 요자쿠라 구경이 가능한 다른 곳을 찾아봤더니 도지에서 볼 수 있다는 사실을 새롭게 알게 되어 작년에 가보았다. 도지는 몇 번이나 가봤지만 요자쿠라 구경은 처음이었다. 사람이 많이 모이지만 여기는 기요미즈데라처럼 비탈길도 없고 평탄한 비교적 넓은 공간이기 때문에 사람이 많아도 별로 부담스럽게 느껴지지 않는 곳이다.

　　도지 요자쿠라가 정말 아름답지만 아직 널리 알려지지는 않았다. 도지 경내의 예쁜 꽃보다는 전각 안에 봉안된 불상이 훨씬 더 훌륭하고 유명하기 때문에 도지가 꽃 구경하는 절이란 이미지가 생기지 않았던 것이리라.

🌸 도지 야간 관람은 매년 3월 하순에서 4월 중순까지

　　관람시간 18:30〜22:00(입관은 21:30까지) 입장료 500엔

🌸 보물관은 봄, 가을만 개관한다. 3월 20일부터 5월 25일까지(기간 중 무휴)

　　관람 시간 9:00〜17:00(입관은 16:30까지)

　　입장료는 500엔(경내 다른 건물도 들어가 볼 수 있는 공통입장권도 있다)

철학의 길

　꽃길이라면 먼저 떠오르는 곳이 교토 동쪽에 있는 철학의 길哲学の道(테쓰
가루노미치)이다. 철학의 길이란 이름은 교토대학교 철학자가 여기서 자주 산
책하고 철학에 대해 깊은 사색을 한 것이 유래이다. 철학의 길 남쪽에 난
젠지南禅寺, 북쪽에 긴카쿠지銀閣寺 등 유명한 사찰도 있고 철학의 길 일대에
서 꽃길, 사찰 답사를 즐길 수 있어 참 좋다. 나도 학생 시절부터 철학의
길 답사를 계속 즐기고 있다.

　철학의 길에 갈 교통수단 안내는 일반적으로 버스 타고 가는 방법이
나온다. 그런데 나는 교토를 답사하고자 할 때에는 버스를 이용해서 다니
는 것보다 다른 교통수단을 활용할 것을 권하고 싶다. 특히 교토역에서

버스 타고 가는 것은 피해야 한다. 사람이 무척 많은데다가 길이 막혀 시간이 꽤 걸린다. 교통수단이 버스 밖에 없는 경우라면 할 수 없지만 답사 코스 주변에 지하철이나 전철역이 있다면 전차를 이용하는 게 더 순조롭게 답사하는 비결이다.

지하철 도자이東西선 게아게蹴上역에서 내리고 10분 정도 걸으면 난젠지에 도착한다. 게아게역에서 난젠지에 가는 길 분위기가 참 좋아서 철학의 길에 도착하기 전부터 교토 답사를 즐기고 있다는 것을 느끼게 될 것이다. 난젠지 경내 벚꽃, 신록도 예쁘다. 난젠지는 입장료를 내야 들어갈 수 있는 건물이나 정원이 있다. 시간의 여유가 있을 때 꼭 들어가시고 그렇지 않으면 경내의 무료로 통과할 수 있는 곳을 그냥 지나가고 철학의 길 방향에 가면 된다. 비와코 소수琵琶湖疎水라는 수로를 따라 걷는 철학의 길 벚꽃이 예쁜 길로 전국적으로 유명하다. 벚꽃과 수로가 잘 조화되는 풍경이 참 예뻐서 기념사진을 찍는 사람이 여기저기서 보인다. 벚꽃 길을 즐기면서 30~40분 정도 북쪽으로 가면 긴카쿠지에 도착한다. 긴카쿠지 경내의 봄 풍경도 예쁘니 놓치지 않기를 바란다. 경내에 그리 높지 않은 전망대도 있어서 교토 동쪽 아름다운 봄 풍경을 바라볼 수 있다.

긴카쿠지에서 좀 더 걸으면 긴카쿠지미치라는 버스 정류장이 나온다. 버스 기다리는 사람이 많은 경우 택시를 이용해도 되고 30분 가까이 걸리지만 게이한京阪 데마치야나기出町柳역까지 걸어갈 수도 있다. 교토대학교가 있는 이 길 주변에 고서점도 있고 분위기 좋은 카페도 있다. 역사, 문화적인 헌 책을 구입해서 주변카페에서 커피를 마시는 것도 이 답사 코스 즐거움의 하나이다.

아라시야마

　다음은 유명한 사찰 주변에서 봄꽃을 즐길 수 있는 곳을 교토, 나라에
서 하나씩 소개한다. 교토 서쪽 꽃 명소 대표는 역시 아라시야마嵐山이다.
아라시야마는 교토시 중심부에서 좀 떨어져 있어 산에 벚꽃이 피는 풍경
을 볼 수 있다. 아라시야마에 가는 방법은 버스 외에 전차로는 노면 전차,
JR, 한큐阪急가 있는데 벚꽃이 필 때는 모두 붐빈다. 한큐가 비교적으로 편
해서 나는 오사카 우메다역에서 한큐를 타고 간다. 아라시야마에서 산에
피는 벚꽃, 강물과 벚꽃이란 아름다운 풍경을 즐기는 것도 물론 최고이지
만 덴류지天龍寺에 꼭 가보았으면 좋겠다. 아름다운 정원도 있고 벚꽃을 비
롯한 예쁜 봄꽃이 많이 핀다. 그리고 나는 덴류지를 나와 대나무 길을 지

나라공원 매화와 사슴

나서 오코치산장大河內山莊에 가는 것을 추천한다. 원래 배우 별장이었던 오코치산장은 정원도 예쁘거니와 여기에서 바라보는 산에 피는 꽃이 정말 감동적이다. 이곳은 요금이 1,000엔으로, 다른 곳보다 비싸서 그런지 사람이 많지는 않다. 이 티켓으로 말차도 마실 수 있다.

　　마지막으로 나라공원奈良公園 일대를 추천한다. 나라공원 일대에는 도다이지東大寺와 고후쿠지興福寺 등 일본의 대표적인 사찰이 있다. 게다가 사슴으로 유명한 공원 일대는 봄에 벚꽃을 비롯한 봄꽃이 활짝 피어있어서 정말 예쁘다. 이곳에 가면 나라역에서 도다이지 대불전으로 가는 길 뿐만 아니라 공원 구석구석을 돌아다녀 보기를 추천한다. 나라공원에는 항상 사람이 많지만 좀 더 뒤쪽에 있는 골목길이나 공간에 가면 조용하고 기분이 편하다. 꽃과 사슴을 사진으로 함께 찍을 수 있는 것도 나라공원 특색이다. 높이 342미터인 와카쿠사야마若草山에 올라가면 벚꽃과 사슴이 있는 풍경도 즐길 수 있고 조망도 좋아서 한 번쯤 가볼만 한 곳이다.

가수가타이샤春日大社에서 4월 하순에서 5월 상순에 피는 등나무도 예쁘다.

나라와 교토 두 곳 모두 고도古都이지만 분위기가 너무 다르다. 시간이 되시면 나라, 교토 특색을 비교하면서 꽃 사찰, 꽃길을 만끽해보는 것도 여행의 묘미다.

🌸 꽃 피는 시기는 해마다 달라질 수도 있다. 관람 기간,
시간도 변경될 때가 있으니 방문하기 전 확인이 우선!

✿ 답사 시 참고할 사찰별 사이트

호류지	http://www.horyuji.or.jp/
고후쿠지	http://www.kohfukuji.com/
야쿠시지	http://www.nara-yakushiji.com/
도쇼다이지	http://www.toshodaiji.jp/
하세데라	http://www.hasedera.or.jp/
무로우지	http://www.murouji.or.jp/
호잔지	http://www.hozanji.com/
닌나지	http://www.ninnaji.jp/
도지	http://www.toji.or.jp/
기요미즈데라	http://www.kiyomizudera.or.jp/
뵤도인	https://www.byodoin.or.jp/
고잔지	http://kosanji.com/
도후쿠지	http://www.tofukuji.jp/
덴류지	http://www.tenryuji.com/
킨카쿠지	http://www.shokoku-ji.jp/k_about.html
료안지	http://www.ryoanji.jp/smph/
긴카쿠지	http://www.shokoku-ji.jp/g_about.html
난젠지	http://www.nanzen.net/
조루리지	http://0774.or.jp/temple/jyoruriji.html
간센지	http://0774.or.jp/temple/gansenji.htm
햐쿠사이지	http://www.hyakusaiji.jp/
이시도지	https://www.biwako-visitors.jp/spot/detail/536
미이데라	http://www.shiga-miidera.or.jp/
이시야마데라	https://www.ishiyamadera.or.jp/
엔랴쿠지	https://www.hieizan.or.jp/

에필로그를 쓰기에 앞서 먼저 독자 분들에게 "끝까지 읽어주셔서 정말 감사합니다"라고 전하고 싶다.

이 책은 2017년 1월부터 12월까지 《현대불교신문》에 연재한 〈간사이 아줌마의 일본 사찰 엿보기〉를 토대로 수정, 보완하였다. 마지막 부분에 있는 '요코상이 뽑은 간사이 사찰 꽃길 Best5'는 《현대불교신문》 섹션 봄특집에 맞춰서 작성한 것이며, 신문 연재부터 책이 완성될 때까지 많은 한국 분들의 도움을 받았다.

현대불교신문사 김주일 편집장님과 신성민 기자님, 간사이 사찰 소개라는 아이디어를 제안해 주신 최선일 박사님, 감수해 주신 홍은미 실장님, 본문을 몇 번이나 고쳐주신 전미숙 위원님께 진심으로 감사드린다.

46세 때 비로소 한국어 공부를 시작한 나에겐 직접 한국어로 글을 쓰는 것이 솔직히 쉬운 일은 아니었다. 그런 내게 고맙게도 많은 한국 분들이 도움을 주셨고, 덕분에 더 자연스럽고 좋은 글로 책을 완성할 수 있었다. 이 책은 그 분들의 정성과 한일 간의 우정이 담겨 있는 책이라고 할 수 있다.

책을 완성하기 위해 답사를 많이 다녀왔다. 동행자가 있는 경우도 있었지만 내가 혼자 답사를 한 경우가 대부분이라, 인적이 드문 산 속에서 '반달곰이나 멧돼지가 나타나지 않을까' 걱정이 되어 뛴 적도 있었다. 그래도 맑은 공기를 마시며 답사를 하면 그런 걱정은 곧 사라지고 기분이 좋았다.

나는 한국에 거주했을 때 한국 사찰 답사를 즐겼다. 일본인인 내가 한국 사찰 답사를 즐긴 것처럼 많은 한국 분들이 일본을 방문해 일본 사찰 답사를 즐기시기를 바란다. 그 때 이 책이 조금이라도 도움이 되었으면 좋겠다.

나카노 요코

요코와 함께 한 일본 사찰 순례

초판 1쇄 인쇄 | 2018년 5월 9일
초판 1쇄 발행 | 2018년 5월 18일

지은이 | 나카노 요코
감수 | 최선일·홍은미

발행인 | 한정희
발행처 | 종이와나무
총괄이사 | 김환기
편집부 | 김지선 한명진 박수진 유지혜 장동주
관리·영업부 | 김선규 하재일 유인순
출판신고 | 2015년 12월 21일 제406-2007-000158호
주소 | 경기도 파주시 회동길 445-1 경인빌딩 B동 4층
전화 | 031-955-9300   팩스 | 031-955-9310
홈페이지 | http://www.kyunginp.co.kr
이메일 | kyungin@kyunginp.co.kr

ISBN | 979-11-88293-02-5 03800
값 | 18,000원

종이와나무는 경인문화사의 자매 브랜드입니다.